Francesco Squillace

Il ragazzo di cristallo

a cura di Anna Ledda

Dedico questo libro ai miei amati nonni
Carmela (Mela) Comito e Francesco Squillace

Prologo

La notte è fredda, l'inverno è alle porte. Le sferzate inflitte dall'aria gelida rattrappiscono i muscoli e hanno l'effetto di una frustata sulla pelle.

Siamo all'inizio degli anni Cinquanta, in casa Squillace c'è un gran trambusto e nessuno dorme. Le urla di mia madre si sentono in tutto il paese e le donne affaccendate attorno al letto la stanno aiutando durante il travaglio. Alle prime luci dell'alba si sente il primo vagito di un bambino. È nato Francesco, un bellissimo bimbo dai grandi occhi scuri, mio fratello.

Francesco è un bimbo che sa farsi amare e riempie le monotone mattinate di Riace con gioia e spensieratezza. È allegro e ama la vita. Ogni mattina fa il giro del vicolo salutando i vicini e a ognuno domanda: – Io sono bravo, vero? Le persone gli sorridono continuando i loro lavori quotidiani.

A pochi mesi dalla nascita gli viene diagnosticata una rara nonché invalidante malattia: l'emofilia. Francesco è ancora piccolo e non se ne cura. Mio padre lavora in campagna e mia madre, quando non è con lui, è come una prigioniera, coglie ogni occasione di assenza del marito per poter stare fuori casa tutto il giorno. Trascorre il suo tempo con i vicini e con le anziane comari del vicolo. Il bimbo viene lasciato solo per tutto il giorno.

Francesco ha quattro anni quando in uno splendido giorno di primavera, mentre dalle mani di Betta, un'anziana vicina, riceve una fetta di pane e zucchero, inciampa inavvertitamente su un grosso gradino in pietra intagliata e batte la testa.

Betta lo prende in braccio e grida: – Aiuto, Francesco sta morendo.

Mia nonna paterna si affaccia al balcone, sgomenta e in lacrime. Il suo, è il volto del terrore. Le è stato proibito da mio padre di occuparsi di mio fratello. Si precipita giù per le scale con tutta la sua disperazione, quando arriva prende fra le braccia il nipotino e dalle labbra del bambino esce una sola parola: – Nonna.

La poveretta lascia il corpicino esanime di Francesco, ormai privo di vita e ha un malore.

Due anni più tardi, in una tiepida mattina di aprile, nasco io.

Mi impongono il nome di Francesco. Come mio fratello porto lo stesso nome e come mio fratello ho la stessa malattia.

Capitolo 1
Seppellire senza dimenticare

Il profumo del Natale ormai alle porte aleggia nell'aria. In via Spirito Santo non si vedono tante persone. Fa troppo freddo e chi non lavora nelle campagne è rintanato in casa per i preparativi della festa imminente. La via è pervasa dai profumi natalizi. Di tanto in tanto s'intravede qualcuno passare con in mano un fardello di *zippole*[1]. La vecchina con il paniere di *pitticeddi di San Martino*[2], la comare Annara, che con maestria porta sulla testa la cesta di pane appena sfornato oppure Betta, che raduna le sue gallinelle tornando a casa in tutta fretta per accendere il fuoco e preparare quella minestra che, seppur modesta, ha il potere di dare calore al suo corpo infreddolito.

Come tutte le sere, quando la salute me lo permette, ho un compito importante. Ho l'incarico di accendere il fuoco e fare la brace sul focolare prima che rincasino i miei genitori. Il braciere posto al centro della stanza, riscalderà la casa.

Come in un tacito rituale, utilizzo prima un foglio di carta

1 *zippole*: frittelle salate di pasta lievitata e fritta in olio bollente, ripiene di sarde, di forma tondeggiante ma anche allungata. Si tratta di un cibo consumato in Calabria e in tutto il meridione in occasione del periodo natalizio.

2 *pitticeddi di San Martino*: biscotti alle mandorle.

appallottolato, le frasche secche e poi il *nozzolo*[3]. Li sistemo a piramide facendo ben attenzione a non farli cadere. Prendo un fiammifero, lo accendo e come per incanto il fuoco prende vita.

Dalla campana della chiesa giungono i primi rintocchi e sono emozionato, il cuore batte forte e l'attesa mi rende impaziente.

Di qui a poco passeranno gli zampognari e io attendo da giorni questo momento.

Non sto più nella pelle e cerco di essere veloce, non voglio farmi cogliere impreparato.

Mi frugo le tasche, ricordandomi che nonna Mela mi ha regalato una caramella e la assaporo per un poco. Si tratta di una caramella dura a forma di spicchio di limone. Perso nei miei pensieri, con naturalezza comincio a masticarla e una scaglia mi ferisce la lingua, ma lì per lì non vi faccio caso.

Continuo a ravvivare il fuoco, compiaciuto dell'ottimo lavoro che ho svolto quando vengo rapito dalla melodia delle zampogne e delle ciaramelle che proviene dall'inizio della via.

Mi affaccio sull'uscio e il mio sguardo cerca di catturare in lontananza l'immagine dei musicisti. Essi indossano abiti di panno grigio, un cappello di feltro e un'ampia cappa di lana, suonando l'arcaico strumento composto da un otre in pelle di capra a cui sono legate delle canne sonore simili a flauti. Il loro passo è lento e cadenzato, sembra seguano il ritmo della loro musica.

L'anno scorso, come l'anno precedente, ero bloccato a letto con il ginocchio gonfio. Quest'anno, per la prima volta nella mia vita, voglio accompagnarli nel loro giro della via, cantando.

Alla comparsa dei primi ragazzi che precedono i suonatori, mentre scendo la scala di casa, avverto il sapore aspro e acidulo del sangue che fuoriesce dalla piccola ferita, dapprima in

3 *nozzolo:* Noccioli residui della spremitura delle olive nel frantoio.

maniera lieve poi sempre più intensa. Sputo spesso e ogni volta spero di non vedere più la chiazza rossa. Percorriamo i vicoli di pietre sconnesse, circondati da case fatiscenti, il crepuscolo però rende tutto più bello. Sarebbe più saggio non allontanarmi da casa, ma io non sono saggio, sono solo un bambino e voglio sentire la musica.

Li seguo rapito dalle note. Pochi passi e già mi sento felice. Provo a cantare ma un brivido percorre la mia schiena. Non è per il freddo, si tratta di una sensazione incontrollabile che talvolta mi assale. Comincia dallo stomaco stretto in una morsa e risale fino al cuore che sembra esplodere. Le mani in un tremito lieve cercano conforto dentro le tasche dei pantaloni rattoppati dove tengo la statuetta di Gesù bambino, che sistemerò nella grotta del presepe la notte di Natale.

Stringo sempre più forte la statuina appartenuta a mio fratello, come a cercare un contatto con il mio angelo custode. Il desiderio di accompagnare la banda è irresistibile e prende il sopravvento sul panico imminente.

Quanto desidero cantare. Con le labbra serrate e il bambinello stretto in una mano intono il canto, ma il sangue mi impedisce di aprire la bocca. Mi stringo nella giacca per il freddo e prego: – *Gesù, fa che smetta di sanguinare. Voglio soltanto cantare.*

"*Tu scendi dalle stelle, o Re del cielo, e vieni in una grotta al freddo e al gelo. O Bambino mio divino, io ti vedo qui a tremar; o Dio beato!*"

Gli occhi si gonfiano e la mia gioia pian piano svanisce, lasciandomi in preda a una cupa tristezza. Pochi metri più avanti, abbandono i musicisti e mi avvio verso casa. Sono troppo preoccupato e avvilito, non ce la faccio ad andare oltre. Non voglio che qualcuno mi veda in quello stato. Mi vergogno e non voglio la pietà degli altri.

Ancora non ne sono consapevole, ma quel senso di vergogna e di impotenza mi accompagneranno per molto tempo.

Non potendomi rifugiare dalla mia cara nonna, entro in casa di soppiatto per non farmi vedere da mia madre e mi precipito in un angolino tranquillo, dietro una pianta di felce, e aspetto che i miei genitori escano.

Sarebbe normale chiedere aiuto, ma non per me.

Mio padre ripete a tutti che sono la sua rovina, un figlio che porta solo complicazioni e che non può essere utile, un buono a nulla. Così, cerco di nascondere le manifestazioni della mia malattia in modo da non causare problemi, per non avvertire il suo disprezzo ed essere denigrato per una condizione che non ho certamente voluto.

La strada migliore che ho trovato è sempre stata quella di nascondermi. Vorrei essere invisibile pur di non subire le sue umiliazioni. Non provo rabbia, soltanto un forte senso di colpa.

Quando i miei genitori finiscono di cenare sento la porta sbattere, è segno che sono usciti di casa.

Vado in cucina. Sulla tavola è rimasto del pane e un po' di formaggio. Ho molto appetito in effetti, ma al primo pezzo di pane che provo a infilare in bocca, il sangue lo tinge di rosso. Prendo il cibo imbrattato e lo getto nella pattumiera facendo attenzione a nasconderlo bene. Non sono in grado di mangiare nulla.

Spero che durante la notte l'emorragia si attenui e che al mattino seguente sarà tutto finito.

Mi stendo nel letto. Mille pensieri affollano la mia mente, non voglio dormire per il timore che il sangue sporchi il cuscino. Questa sarà una notte lunghissima.

Rivoli di sudore imperlano la mia fronte, mi manca l'aria e mi sento soffocare dall'ansia. Sputo di continuo in un vecchio foglio di giornale che ho trovato vicino al braciere.

Sistemo i cuscini e provo a sedermi, ma la perdita di sangue continua lenta e costante, inesorabile come il tempo che non passa mai. Mi alzo e passeggio un po' nella stanza, cerco di mettere sulla lingua del cotone emostatico, poi una fetta di limone che ho trovato in un piatto sul tavolo della cucina, ma ogni tentativo di arrestare la fuoriuscita risulta vano.

Cerco di spostare l'attenzione su qualcos'altro. Mi siedo nuovamente sul mio lettino con lo sguardo fisso verso il muro. Osservo l'irregolarità di ogni linea e unisco i punti dove le crepe si congiungono fino a formare immagini e figure non ben definite. Vedo in quel muro il volto di un cane, la sagoma di un uomo o un albero di ulivo.

Quando sento i miei genitori rincasare, mi sdraio ancora, questa volta su un fianco e poi rimango immobile, fino al momento nel quale, vinto dalla stanchezza, mi addormento.

Alle prime luci dell'alba le urla lancinanti di mia madre hanno l'effetto di un terremoto.

Mi sveglio di soprassalto.

– *Fra', Fraaa', svegliati, cosa hai combinato?*

La scena che si presenta davanti ai suoi occhi è raccapricciante. Il mio cuscino ha una chiazza di sangue scuro e raggrumato e il bordo è intriso del liquido rosso vivo. Sul mio volto e sul collo ho le macchie del liquido organico, opaco e viscoso.

Mia madre pensa al peggio.

Mi sento inerte, incapace di muovermi e rispondere alle sue domande.

Chiamano immediatamente il dottor Arcadi, il medico del paese. Un signore ben distinto di mezza età, piccolo e con i capelli lisci tirati all'insù. Porta con sé la sua immancabile valigetta di pelle marrone ormai un po' consunta.

Egli constata che la situazione è grave ma non può far nulla se non suggerire ai miei genitori di portarmi con urgenza in ospedale.

Mi prendono di peso e mi caricano sull'automobile disteso e con il capo poggiato sulle gambe di mia madre. La vettura è di Don Silvio, un signore di un paese vicino, l'unica a disposizione, che dietro pagamento, accompagna le persone. Una sorta di taxi.

Dai finestrini passo in rassegna uno a uno i visi dei paesani che mi guardano con pietà scuotendo la testa. Alcuni gridano e altri taciturni non parlano, ma è come se lo stessero facendo. Tutti in paese sanno com'è morto mio fratello.

I loro volti in questo momento li trovo buffi. Tutti contriti e con le sopracciglia aggrottate. Sento che qualcuno prova vera compassione, altri sono solo ipocriti e sono qui per poter poi spettegolare sull'insolito evento, arricchendo il racconto con ogni particolare possibile e immaginabile.

Non voglio tutto questo. Non sono uno spettacolo e non sono un fenomeno da baraccone ma in questo momento non ho alcun modo di evitarlo.

Durante il tragitto sfrecciano davanti ai miei occhi i lampioni, gli alberi, il cielo del mattino e penso che in fondo se devo morire, almeno potrò vedere il mio angelo custode, quel fratello che non ho mai conosciuto ma che i racconti dei vicini, delle zie e soprattutto di nonna Mela hanno reso reale nella mia mente.

Vedo l'auto che lascia il paese e dalla mia posizione catturo le immagini e i particolari come in una fotografia.

All'ospedale di Locri l'infermeria è decadente con una luce forte e fastidiosa. Riesco a malapena a tenere gli occhi socchiusi. Mi adagiano su una barella e mi visita il primario, un signorotto basso e tarchiato, con occhi scuri e capelli brizzolati, tronfio nel suo camice bianco.

Siamo a metà degli anni Sessanta e pochi conoscono il mio male.

Il medico ignora quello che è l'unico rimedio efficace in grado di arrestare il sanguinamento: la trasfusione di plasma. Egli decreta che nessun farmaco può arrestare l'emorragia e un tentativo utile per salvarmi, può essere soltanto quello di mettermi una pinza sulla lingua, esattamente sopra la ferita, e attendere per vedere se si rimargina.

Una nuova agonia mi attende.

Per ore sono costretto a tenere la bocca spalancata. Non posso chiuderla e l'arsura è insopportabile. Il disagio e il dolore alla mascella non mi danno tregua e la posizione è molto scomoda. Sono immobilizzato a letto con la bocca spalancata da un tempo che ormai ho smesso di contare. In questo momento non riesco a pensare ad altro e la mia attenzione è concentrata su ciò che mi sta accadendo. Più ci penso e più il tempo non passa mai.

Non vedo l'ora che tutto finisca, in un modo o nell'altro.

Dopo un tempo che sembra interminabile, la pinza viene finalmente rimossa. Un'infermiera inquieta, con molta stizza mi libera da quella pena.

Tale operazione sortisce il solo effetto di peggiorare la situazione. La lacerazione si è estesa ulteriormente e il sanguinamento è peggiorato, com'è logico che sia per un emofilico.

Il medico entra nella stanza e avanza impettito. Io sono disteso sul lettino, spossato e dolente, mia madre è seduta accanto a me. Sento chiaramente le sue parole quando decreta con voce altisonante: – *Signora, non c'è più nulla da fare. Suggerisco di riportarlo a casa in modo da evitarvi le spese di trasporto della salma.*

Io sento tutto ma non ho la forza di provare emozioni, sono inebetito, stanco e voglio soltanto tornare a casa nel mio letto.

Del viaggio di ritorno non ricordo nulla. Sono talmente debole ed estenuato che finisco per addormentarmi.

Sono disteso sul letto di mia madre quando mi risveglio e sul lato destro c'è una piccola bara bianca. Intorno a me orpelli vari: un tappeto consunto, un broccato bianco sotto il feretro e candele votive con fiammelle danzanti. Le persone mi osservano. È accorso tutto il paese.

Raggomitolata in un angolino della stanza vedo nonna Mela, con il viso rigato dal pianto e segnato dall'età. La poveretta rivive le pene già provate con mio fratello, in un solo attimo emerge tutto il dolore per la sua morte e il terrore dell'attesa per la mia inevitabile fine. Non ha il coraggio di parlarmi ma con gli occhi mi dice: – *Coraggio figlio mio, coraggio.*

La sua presenza m'infonde una grande forza d'animo. Il dolore traspare da quell'essere gracile e minuto con il volto umido di lacrime silenziose e tuttavia colmo di dignità, il suo respiro è affannoso, spezzato da un'ansietà velata e il suo sguardo lascia trapelare una celata inquietudine.

Uomini, ma per lo più donne, sono radunati al mio capezzale. Donne anziane, ma anche qualche ragazza già vestita di nero.

Scuotono la testa e commentano: – *Povero bimbo, sta morendo come suo fratello.*

Io sento ogni parola di compatimento e commiserazione.

Nella stanza accanto, a capo di un gruppetto di uomini, c'è mio padre che ribadisce la sua convinzione: – *Prima o poi doveva succedere, meglio prima che dopo* – afferma con indifferenza.

Don Peppino, il parroco del paese, fa la sua comparsa abbigliato con il nero abito talare e la stola viola che dal collo ricade sul petto. Si avvicina a me e ungendomi la fronte con fare cantilenante pronuncia le parole del rituale dell'estrema unzione: – *Per istam sanctam unctionem indulgeat tibi Dominus quidquid deliquisti. Amen.*

I presenti pregano, le donne seguono i grani del rosario in un brusio che sembra uno sciame d'api.

Io sono stordito, ma capisco perfettamente ciò che sta accadendo.

Sono un bambino e non posso sapere come si muore. Penso che non deve essere poi così brutto se poi starò meglio. Ma i miei sentimenti sono contrastanti. Un attimo dopo penso esattamente l'opposto. Non posso morire così giovane, devo ancora fare tante cose. È troppo presto.

L'ambiente che mi circonda è ovattato, come fossi all'interno di una bolla di sapone. Fluttuo nell'aria e vedo le persone sotto di me. Qualcuno piange, altri sono in religioso silenzio, qualcun altro commenta a bassa voce. Vedo il mio corpo disteso, eppure io sono al di sopra di esso.

Forse sono già morto.

Le lacrime cominciano a scorrere lentamente sul mio viso fino a giungere alla bocca piegata in una smorfia di sgomento.

Ho paura.

Sono solo.

Di fronte a me appeso al muro c'è il crocifisso. Guardandolo penso che in fondo, se proprio devo morire, almeno vedrò mio fratello, potrò giocare e parlare con lui, avrò finalmente un amico con il quale trascorrere il mio tempo. Prego dicendo: – *Gesù voglio morire.*

Nonno Francesco mi tiene la mano, cercando di infondermi tutta la forza e tutto l'amore possibile.

Il dubbio, l'incertezza, la titubanza prendono il sopravvento: – *No, non voglio morire.*

Il mio sguardo cade su mio padre, lontano da me. La distanza che ci separa non è solo fisica ed è sempre presente, persino ora che sto per lasciare questa terra.

Penso di sollevarlo da un figlio inutile perché malato, allora deciso parlo al crocifisso: – *Gesù voglio morire.*

Poi guardo la nonna. Provo pena per lei, non voglio lasciarla con un "*Ciao nonna Mela*" come fu costretto a fare mio fratello, quindi mi rivolgo di nuovo al crocifisso e chiedendo aiuto bisbiglio: – *No, no, non voglio morire, aiutami tu.*

Un tempo infinito, interminabile, lunghissimo. Un tempo fatto di attesa e speranza innocente per qualcosa che forse non accadrà mai.

Ricado giù come se stessi precipitando in una voragine. D'improvviso sono di nuovo nel mio letto. Apro gli occhi e sento l'arsura della bocca salirmi alla gola.

Ho sete, troppa sete, sento la necessità impellente di bere acqua. Con un filo di voce lo dico a nonna Mela: – *Nonna, almeno tu che mi vuoi bene, dammi un po' d'acqua.*

Lei volge lo sguardo a mia madre, la quale si oppone con fermezza scuotendo energicamente la testa in segno di diniego. Non vuole darmi da bere. I medici dell'ospedale prima di dimettermi le hanno proibito di farmi ingerire liquidi in quanto avrebbero potuto peggiorare la situazione. Ma quale peggioramento potrei mai avere? Sto morendo e mio nonno, forte della sua saggezza, ha il coraggio di asserirlo: – *Dategli da bere, tanto ormai...*

Decidono di prepararmi del caffè. Mia madre mi solleva il capo e lo porta lentamente alla mia bocca. Ne bevo un sorso. È amaro, dovrebbe risultare disgustoso, ma per me in questo momento è la cosa più buona che abbia mai bevuto. Desidero trangugiarlo tutto d'un fiato, ma mi dicono che è meglio sorseggiarlo. Lo finisco e mi sento un po' meglio.

– *Acqua, acqua, voglio dell'acqua.*

Un piccolo sorso, poi un altro e un altro ancora. La sento scorrere nella mia gola, nelle viscere e in ogni fibra del mio corpo che lentamente si rigenera. L'acqua in questo momento è la mia fonte di vita.

Nonno Francesco, conosciuto per il suo acume, si accorge che l'emorragia si è arrestata.

– *Miracolo, miracolo. Francischedu è stato miracolato* – grida un'anziana donna.

Tutti i presenti gridano al miracolo.

Se è vero che quando muori tutta la tua vita ti scorre davanti è altresì vero che di forme di morte ve ne sono tante. Si muore e si rinasce più di una volta nell'arco di una vita. Ho sepolto i miei ricordi nel luogo dell'eterna memoria, laddove nessuno può accedere all'infuori di me. Seppellire però non significa dimenticare.

Capitolo 2
La condanna

Ho soltanto otto mesi e sul mio corpo compaiono i primi ematomi senza un motivo plausibile. Per il dottor Arcadi è un campanello d'allarme, allorché prenota una visita all'ospedale Bambin Gesù di Roma.

Il dottor Arcadi, il caro vecchio medico del paese, dopo la morte di mio fratello, allerta i miei genitori. Qualora desiderassero un altro figlio, le probabilità di rischio emofilia sarebbero molto alte.

Decidono di averlo comunque con la conseguenza che anche io risulto affetto dallo stesso male.

La malattia e le poche cure conosciute negli anni Sessanta, non mi permettono di avere una vita normale. Sono a rischio su tutto. Una piccola ferita, una caduta o un urto potrebbero essermi fatali. Dovrò vivere la mia vita sapendo che potrei morire in ogni istante per la più futile ragione.

Il medico dell'ospedale suggerisce ai miei genitori di trasferirsi in una città con un centro specializzato in modo da seguire bene il mio percorso di crescita e ricevere le cure necessarie ma soprattutto perché la mia vita è appesa a un filo. Roma potrebbe essere la città ideale.

Comare Carolina è una nostra vicina di casa, abita proprio

di fronte a noi ed è una delle poche testimoni del mio dolore. Ha assistito numerose volte alle mie crisi e ai miei episodi di sofferenza mentre solo e dolorante mi contraggo, cercando di resistere e di trattenere le lacrime, ma se il dolore oltrepassa il limite non riesco più a contenermi. In quei momenti do libero sfogo a quanto ho dentro; urlo, piango e mi lamento e lei, poverina, mi guarda dalla finestra della sua abitazione senza poter fare nulla. Assiste straziata e impotente con gli occhi lucidi di tenerezza.

Sua figlia Caterina detta 'Kata', mia comare di battesimo, abita a Roma e quando viene a conoscenza della mia situazione si offre di aiutarci a trovare una sistemazione e un posto di lavoro per mio padre.

L'altruismo e la generosità di comare Kata, non hanno paragoni, caratteristiche certamente ereditate dalla madre.

Il marito lavora in un famoso pastificio e conosce molte persone. Ha già aiutato i suoi parenti, quindi con tutta la bontà d'animo possibile, ci propone il suo aiuto.

Non c'è un motivo plausibile per non trasferirci in città, potremmo vivere bene.

Mio padre è un uomo di piccola statura, occhi chiari e porta sempre un cappello bianco. Il suo volto duro e marcato è già segnato dal tempo. A Roma avrebbe l'opportunità di avere un lavoro, noi potremmo avere un'abitazione decorosa e io avrei le cure mediche necessarie alla mia sopravvivenza.

Un motivo in effetti c'è: a mio padre non importa nulla delle mie cure mediche e probabilmente non gli importa nulla nemmeno di me. Peraltro, più avanti, verrò a conoscenza del fatto che conduce in paese affari poco trasparenti con alcune donnine compiacenti. Sono certo che abbia desiderato la mia morte più di una volta. La sua decisione purtroppo mi condanna a una vita miseranda. Lui, signore e padrone, decide per noi.

Mia madre succube del marito non si oppone e nemmeno

tenta di convincerlo a rivedere la sua decisione. Non ne ha la forza e comunque non otterrebbe nulla.

Il suo diniego, a quella che costituisce per me una condizione irrinunciabile, dà origine al mio calvario.

In ospedale mio padre non si pronuncia. Tornati in paese, con tono durissimo che non ammette repliche, afferma: – *Io il paese non lo lascio, non mi piace la città. Questo non è argomento di discussione e nessuno mi farà cambiare idea.*

I miei nonni tentano di far ragionare mio padre ma sortiscono il solo effetto di aumentare la sua collera.

La sua decisione sarà la mia condanna, il preludio di un'esistenza costellata da sofferenze e dolore. Una sentenza che ricadrà su di me per gli anni a venire. Mio padre rinuncia a crescermi con affetto, o semplicemente rinuncia a crescermi, immerso nel suo egocentrismo, dove lui e soltanto lui è al centro del mondo.

Capitolo 3
Il primo giorno di scuola

Oggi è il primo giorno di scuola, sono felice di frequentare la prima elementare. Mi siedo al mio posto e osservo esultante i miei compagni, il mio quaderno nuovo e le matite colorate. Guardo il mio insegnante, un signore dallo sguardo severo con gli occhialini riposti sul naso che incute un po' di timore. Il mio compagno di banco è Damiano, un ragazzino che abita nella via accanto alla mia. Magrissimo e scuro è sempre pronto alla battuta.

La scuola è situata poco distante da casa mia, ospitata in un vecchio edificio di piccole dimensioni. Mi piace stare qui, mi fa sentire normale stare in mezzo agli altri bambini. La mattinata procede bene e cerco di stare attento durante la lezione ma spesso mi distraggo cercando lo sguardo degli altri compagni. Un piccolo fastidio al ginocchio mi fa precipitare con veemenza nel mondo reale. Il campanello d'allarme comincia a trillare insistentemente.

Non sono trascorse che un paio di ore e comincio ad avvertire i soliti dolori al ginocchio che nuovamente comincia a gonfiarsi. Dapprima lievi, poi con il trascorrere dei minuti diventano sempre più violenti.

Si tratta dell'ennesima emorragia interna, ma questa volta

è davvero dolorosa. Cerco di resistere ma il dolore diviene sempre più insopportabile. Damiano mi guarda spaventato e qualche istante più tardi grida: – *Maestro, Francesco sta male*.

Stringo tra le mani il ginocchio e comincio a piangere, dapprima in modo contenuto poi le mie urla di dolore riecheggiano in tutta la scuola.

Intorno a me si forma un capannello di bambini, i quali mi guardano esterrefatti parlottando sottovoce fra loro. Vengo rimandato a casa e la mia esperienza scolastica finisce qui. Rimango allettato per i successivi quattro anni.

All'ospedale di Locri, anziché mettermi la ginocchiera apposita che avrebbe permesso il movimento dell'articolazione, mi ingessano la gamba curva a causa del gonfiore.

Ho undici anni e sono in crescita. Porto il gesso per diversi mesi. Quando me lo tolgono la gamba rimane curva con il risultato che tale operazione mi rende claudicante a vita in quanto l'arto si è ormai atrofizzato. Non camminerò più normalmente.

Per potermi muovere devo strisciare perché non dispongo di stampelle. Le mie ginocchia, le caviglie, i gomiti e persino le spalle si gonfiano di continuo alternativamente, a tal punto che provo un dolore al limite della sopportazione umana. Tali episodi, oltre agli innumerevoli ematomi, mi costringono a letto per lunghissime giornate trascorse in solitudine.

Di tanto in tanto viene a trovarmi nonna Carmela, detta Mela. È piccola, esile e minuta come uno scricciolo. I suoi grandi occhi verdi raccontano tutta la bontà della quale è capace. Mi infonde coraggio e farebbe qualsiasi cosa per me. Quando mi lamento per i dolori lei mi consola dicendomi che passeranno quando crescerò. Mi dice di non preoccuparmi per mio padre perché anche lui mi vuole bene. La poverina, cerca di confortarmi in tutti i modi.

Ha sempre un piccolo dono per me. Se non ha nulla, non si

fa vedere. Un piccolo pensiero o un po' di cibo buono: non si presenta mai a mani vuote.

Spesso accade che non riesca a sedermi sul letto per mangiare, quindi mi aiuta e durante il pasto mi racconta episodi della sua vita e di quando mio nonno, proprietario di una masseria che aveva costruito con le sue sole forze, offriva lavoro a giornata ai contadini. Mia nonna portava loro il pranzo e tutti la tenevano in gran considerazione.

Mi racconta la sua vita da ragazza, della fame e della miseria.

Io la ascolto consumando il mio pasto caldo e mi sento sereno e protetto, tanto che persino il dolore fisico sembra diminuire. Desidero fortemente che lei resti sempre con me e che questi momenti non passino mai.

Poco dopo arriva anche mio nonno con un mazzo di carte napoletane e trascorre con me intere ore all'insaputa dei miei genitori. Bruno, cappello a falde larghe, imponente e dal bel portamento, è un uomo di grande saggezza, sempre garbato nei modi e nei fatti.

Egli mi racconta della guerra, della sua prigionia in campo di concentramento e di come si è salvato da morte certa. Talvolta mi racconta una favola, che di volta in volta muta arricchendola di particolari:

La Principessa e il Pittore

C'era una volta, in un paese lontano, un'affascinante principessa che viveva da sola in un castello adagiato su un verde promontorio, tra l'azzurro dell'aria e il blu dell'acqua.

Quando nacque tutti rimasero meravigliati per i suoi occhi luminosi come il sole, per i suoi capelli color oro, simili a spighe di grano e per la sua bocca che ricordava una ciliegia rossa. La chiamarono Naty: Natura.

Il suo castello era circondato da una rigogliosa vegetazione e dall'affetto degli animali, ma anche dall'invidia delle dame e dei cortigiani. Persino i sudditi, pur ricevendo in dono molti prodotti della terra che finivano sulla loro tavola, non portavano rispetto.

La principessa Naty trascorreva la maggior parte del tempo in compagnia dei suoi animaletti e di una minuta cagnolina dal folto pelo arricciato, di nome Ricciola.

Le sue giornate erano scandite dai ritmi dell'ambiente circostante e iniziavano alle prime luci dell'alba, quando, all'apparire dell'ancor pallido sole, lei lo accoglieva dal suo balcone e il suo sguardo si perdeva sulla sottile linea dove il cielo abbraccia il mare.

Gli uccellini e le farfalle facevano a gara a chi riusciva ad accarezzare la sua candida pelle; la brezza le accarezzava i capelli, sottili come la seta e persino l'azzurra acqua del mare, battendo contro gli scogli, le rendeva onore con la sua spuma allegra. Tutte le creature, ognuna a modo suo, anche soltanto scuotendo la coda, davano il buongiorno a Naty, tutte tranne gli esseri umani.

La principessa non comprendeva il motivo per il quale il suo popolo le fosse tanto avverso, ma nonostante ciò, continuava ad amarlo.

Malauguratamente i sudditi non potevano o non volevano ascoltarla.

La mattina di una bella giornata di sole, affacciatasi sul giardino dell'incantevole fontana, la principessa vide un ragazzo sporco e vestito di stracci. Era un pittore, che con la sua matita e le sue tele era intento a disegnare i fiori, il castello, la fontana e i tanti animaletti che andavano a bere. Il suo nome era Amore.

Purtroppo, egli era talmente povero da non possedere nemmeno i colori per dipingere.

L'acqua specchiò il volto del giovane e lei, guardando l'acqua, avvertì un balzo nel profondo del suo cuore giacché lo trovava bellissimo, nobile e valoroso. Amore alzò gli occhi verso Naty e un lampo luminoso attraversò lo sguardo di entrambi.

Grazie ai consigli dei suoi amici animali, la principessa intuì che Amore sarebbe stato l'artefice della sua salvezza.

– Chi sei, da dove arrivi? – chiese la ragazza rivolgendosi al giovane – No-no… no-non so… no-non ca-ca-capi-sco – rispose balbettando lui.

Naty comprese che il poveretto era ammalato e cercò allora di rassicurarlo: – Non aver paura, voglio solo aiutarti.

– Co-co-cosa… no-non ca-ca-capi-sco – ribatté il pittore allontanandosi in fretta dal giardino.

Nei giorni a seguire, Naty non avendo modo di rivedere il suo amato, divenne sempre più disperata e si rinchiuse nella sua solitudine. La sua pena cresceva e le sue lacrime, scorrendo sul suo dolce viso, colmarono la fontana.

Dopo qualche tempo, il pittore ritornò nel giardino.

Il cuore gli batteva forte, nella speranza di rivedere la principessa.

Aveva ricominciato a disegnare, quando si accorse che l'Incantevole fontana era più bella di prima, poiché ogni lacrima della principessa si era trasformata in colore. Il pittore tracciò i suoi disegni e quando intinse il pennello nell'acqua, ne assorbì i colori trasformandosi in un principe vestito d'arcobaleno.

Solo in quel momento la principessa si rese conto di quanto stava accadendo e così iniziò a chiamare il principe a gran voce. Quando Amore la raggiunse, Naty aveva già varcato la soglia del palazzo e i due si strinsero in un forte abbraccio: – Piccola mia – disse Amore – grazie a te sono guarito, ora non ti lascerò mai più sola e farò in modo che il tuo popolo non venga più allontanato da te, andando a morire per opera del sortilegio della strega Nociva.

La principessa che fino ad allora pensava di essere la causa di tutto, con l'espressione stupita domandò: – Di quale sortilegio parli?

– Devi sapere – le rispose il pittore con voce ferma – che poiché i tuoi sudditi sono da tempo vittime della magia di Nociva, non possono ascoltare i tuoi richiami. Vengono attratti con l'inganno in un luogo, non molto lontano dai tuoi splendidi giardini, chiamato Selva Grigia, dove tutto ciò che vedi è l'illusione di ciò che era. L'aria è maleodorante e le colline sono fatte di rifiuti. I pochi alberi rimasti, sono secchi e spogli e agli animali viene negata l'esistenza.

Nell'apprendere la ragione che affliggeva il suo regno, Naty si rattristò, conosceva Nociva e sapeva che non si sarebbe fermata. Un tremore di sconforto la pervase e con un filo di voce chiese: – Cosa possiamo fare?

– Dobbiamo rimanere uniti e trovare la forza necessaria per reagire.

Amore e Natura, da quel giorno non si lasciarono più e decisero di sposarsi. Dalla loro unione nacque Vita, una creatura di rara bellezza.

Per festeggiare la sua nascita, accorse una moltitudine di animali all'Incantevole fontana .

Fu allora che il principe Amore comprese che era arrivato il tempo di porre fine al funesto sortilegio. Disse agli uccelli, ai mammiferi, ai rettili e persino agli insetti: – Portate con voi l'acqua arcobaleno, circondate la Selva Grigia e spargete il prezioso liquido sul malefico potere.

La forza della neonata Vita, benché ancora piccola, fu dirompente nel cuore di tutti e generò nuova forza negli abitanti del luogo.

Con il coraggio di un Guerriero Arcobaleno, un piccolo panda sottratto all'estinzione dalla principessa Naty, gridava a più non posso: – Scappate piccoli, correte da Madre Natura.

Con grande ardimento, portò in salvo ogni genere di creatura che la strega teneva legata alle catene o rinchiusa in gabbia.

Gli uccelli crearono bianchi cerchi nel cielo, i rami secchi degli alberi si rivestirono di nuove foglie e si colorarono di un ras-

serenante verde e tutto il grigio che imprigionava la terra scomparve in una nuvola dalle tante sfumature: rosso, verde, giallo e tutti i colori della tavolozza di Amore. Il bene stava dilagando e la rinascita trionfava.

Le farfalle si alzarono in volo e con loro le cicale, le coccinelle e le lucciole ormai scomparse da tempo dalla Selva Grigia. Insieme varcarono l'ultimo ostacolo di fumo nero che stava per essere ricoperto da un manto di prato fiorito e si diressero verso ogni angolo del mondo per dare la lieta novella.

Ormai il mondo era divenuto bellissimo e tutti cantavano felicità. Persino le dame, i cortigiani, i sudditi e i cavalieri si risvegliarono dall'incubo nel quale erano caduti e ritornando alla ragione, si accorsero che tutto era più bello.

Insieme andarono al palazzo per portare doni alla neonata Vita e ringraziare la mamma Natura e il papà Amore.

Da quel giorno la principessa, il suo pittore, la loro piccola figliola e tutti gli esseri viventi del regno vissero felici in un mondo meraviglioso.

Capitolo 4
Figlio unico

Nonna Mela mi parla spesso di mio fratello e i vicini e la gente del paese mi paragonano spesso a lui. Ho una malattia rara e in un paesino dove la vita scorre monotona, è argomento di discussione. Tutti dicono che morirò con lo sviluppo, perché il sangue potrebbe provocarmi emorragie letali.

Fino a ora sono sempre vissuto con la consapevolezza che avrei avuto vita breve.

Dopo aver rischiato di morire, questa condizione di provvisorietà non mi spaventa più. Sono come anestetizzato, mi sento in uno stato di sospensione fra la vita e la morte.

Non mi pesa il fatto che morirò giovane tanto quanto mi pesa l'infinita solitudine che provo. Le famiglie di Riace sono tutte numerose, io invece sono figlio unico e il mio unico conforto è la presenza sporadica dei miei nonni.

I dolori atroci durano per settimane, talvolta anche per mesi, e non c'è alcuna cura per attenuarli. Non posso prendere antidolorifici, dilatano i vasi sanguigni e accrescono l'emorragia. Non c'è ancora alcun farmaco che coaguli il sangue.

Ad aggravare la situazione ci pensa mio padre che non ha mai accettato di avere un secondo figlio malato e di non poter disporre di braccia da lavoro. La nostra è una società patriarcale dove il padre è padrone disponendo di tutto e di tutti e non manca occasione per infierire e farmelo pesare.

– *Guardatelo, lui è la mia rovina, mi ha rovinato* – dice ai vicini e ai parenti quando vengono a farmi visita.

Io provo vergogna, cerco di trattenermi e piango dentro. Mi sento un peso, un intruso, un ospite sgradito.

Quando sento i passi dell'asinello di mio padre al ritorno dalla campagna, voglio scomparire perché quando non mi ignora, mi disprezza. Quando c'è lui non parlo e non c'è volta che ceniamo insieme. Dal momento nel quale rincasa dà inizio al solito misero spettacolo serale.

La sua meschinità è senza pari. Non potendo malmenarmi, sfoga tutta la sua bestialità su mia madre. Arriva dal lavoro nei campi e cena in tutta fretta perché di qui a poco uscirà per recarsi nella bottega del vino, luogo di ritrovo con gli amici, una sorta di osteria dove gli uomini si incontrano la sera per giocare a carte, discutere e bere vino. Qui si scatena a fare il burlone ma tornato a casa si trasforma in un selvaggio.

Mia madre, non appena mio padre varca l'uscio, esce a sua volta.

Il panico comincia a prendere forma al ritorno di mio padre. Spesso è brillo se non addirittura ubriaco e questo è uno dei rarissimi momenti nei quali mi rivolge la parola: – *Dov'è?* – esclama con veemenza sedendosi vicino al braciere.

Io biascico – *Non lo so* – perché, di fatto, non ne ho la benché minima idea.

Con l'attizzatoio muove nervosamente la brace.

Comincia allora lo show delle imprecazioni e non c'è santo chc si salvi dalle sue bestemmie. A seguire ci sono i pesanti insulti rivolti a mia madre: – *Quella puttana mi ha rovinato, chissà cosa sarei diventato se non ci fosse stata lei. Una stronza, bastarda. Quando torna l'ammazzo* – grida paonazzo in volto.

Io mi rannicchio in un angolino e prego che lei torni in fretta. Tremo per la paura sapendo già cosa accadrà al suo ritorno.

Più lei tarda, più lui si infuria. La sua voce diviene sempre più alta, il livello degli insulti diventa sempre più impossibile da ascoltare e il povero attizzatoio nelle sue mani non ha requie, batte sul bordo del braciere e la brace a sua volta vola per aria.

Talvolta esce per andare a cercarla e quando la trova la trascina a casa spingendola oltre la porta in malo modo, altre volte non la trova e quando lei rincasa lui l'apostrofa immediatamente dicendole: – *Ma dove sei stata? Pezzo di troia, disgraziata.*

Lei all'inizio lo indispone maggiormente bisbigliando: – *Cosa ho fatto? Non ho fatto niente* – e vola il primo schiaffone che la scaraventa a terra, al che prosegue imperterrito con calci, sputi e imprecazioni su sua madre, sui suoi parenti e su di me, infierendo sul suo corpo. Mia madre si contorce dal dolore cercando di evitare i colpi e a ogni calcio prova a cambiare posizione ma ogni suo presunto tentativo di proteggersi risulta vano. Malmena la povera donna allo stesso modo con il quale picchia il nostro asinello e tutti gli animali che possiede. La scena si ripete tutte le sere. Le urla di mio padre rimbombano per tutta la casa e io, pietrificato continuo a pregare: – *Signore, ti prego, fa che tutto questo finisca presto* – e tremante mi rifugio sotto le coperte, raggomitolato a riccio, stringo i pugni e con gli occhi serrati mi rinchiudo nella mia angoscia.

Il silenzio assordante di mia madre lo sento soltanto io, mentre le grida di mio padre si sentono in tutto il vicinato, ma nessuno interviene a fermare quello scempio. A volte la mia nonnina scende a metà scala e la vedo piangere. Asciugando le lacrime nel suo grembiule, si rivolge a mio padre: – *Lasciala stare, non vedi che così l'ammazzi* – e lui senza il minimo tentennamento risponde: – *Fatevi i fatti vostri.*

Una volta mio nonno ha provato a fermarlo, ma ha ricevuto insulti e uno spintone così forte da scaraventarlo pesantemente contro il muro.

Trascorsi diversi minuti a suon di botte mio padre si stanca e torna a sedersi vicino al braciere, lasciando mia madre inerme e in balia di sé stessa. Con il volto e il corpo tumefatti tenta di rialzarsi, ma talvolta le forze le mancano, quindi ricade a terra. Quando è in grado di muoversi nuovamente, dopo alcuni tentativi, va alla *cortara*[4] per lavarsi, riempie la *cuccuma*[5] e con estrema cautela, ripulisce le parti sanguinanti.

Purtroppo, non è ancora finita. Gli insulti e le imprecazioni riprendono nella loro camera da letto e si protraggono fino a quando lui abusa di mia madre sfogando tutta la sua frustrazione. Lei subisce passivamente e io che sono ancora bambino, ancora non riesco a capacitarmi su quanto accade.

Capisco il motivo per il quale mia madre non è mai in casa, non deve essere facile per lei. Ma se l'amore di madre esiste, esiste anche il sistema per superare qualsiasi ostacolo.

Io voglio fuggire da questo orrore, ma sono piccolo e nella mia condizione, dove potrei andare?

Riuscirò mai a giustificare l'odio di mio padre nei confronti della sua famiglia e le scene devastanti alle quali sono costretto continuamente ad assistere? Sebbene con tutte le mie forze cerchi di dare un senso a tutto questo, non mi spiego il motivo per il quale mio nonno è tanto generoso e altruista tanto quanto mio padre è perfido e collerico.

4 *cortara*: recipiente in terracotta simile alla brocca.
5 *cuccuma:* come la cortara ma più piccola.

Capitolo 5
Solitudine

La mia abitazione è piccola e il mio lettino è accanto al sottoscala. Al piano superiore vivono i miei nonni che utilizzano il nostro stesso ingresso. La scala di legno interna porta alle loro due stanzette, è quindi un passaggio obbligato all'interno della casa per poter entrare e uscire.

I rapporti fra i nonni e mio padre non sono buoni. I nonni sono costretti a percorrere l'ingresso comune quando ne hanno necessità, ma con il divieto assoluto di volgere lo sguardo verso le nostre stanze. Lo stabile peraltro, appartiene a loro, ma hanno suddiviso la loro casa per permettere al figlio di vivere con la propria famiglia e hanno ricavato per loro soltanto un minuscolo appartamento.

Io fingo sempre di star bene, non posso lamentarmi perché ogni volta che accade, il viso di mio padre si contrae in una smorfia di disgusto e con un sogghigno di biasimo mi rivolge parole malevole.

Al mattino, faccio finta di dormire e attendo che esca da casa per potermi alzare, sempre se il mio corpo me lo permette. Mia madre invece, rassetta velocemente e mi prepara sempre il solito pranzo prima di uscire: una fettina di carne girata in padella preparata di primo mattino, un bicchiere d'acqua e un tozzo di pane sistemati su una sedia accanto al mio lettino. Il pasto lo consumo diverse ore dopo, quindi la carne risulta fredda, dura e immangiabile. Devo sbocconcellarla lentamente e masticarla più e più volte prima di poterla deglutire. Prima di andarsene mi lascia la borsa del ghiaccio da mettere sulla parte dolorante per avere un po' di sollievo. Ma dopo poche ore il ghiaccio si scioglie completamente e l'espediente risulta pressoché inutile.

Lei ha sempre molta fretta di uscire. Si sente in una gabbia e non appena può scappa via, noncurante del fatto che un infante gravemente ammalato rimane abbandonato a sé stesso.

Tutti i genitori sono soliti lasciare i figli soli in casa fin dalla più giovane età per poter andare a lavorare. Ma esistono casi come il mio o come quello di mio fratello nei quali questa condizione non può essere applicata.

Talvolta mia madre va in campagna ad aiutare mio padre con il lavoro nei campi, ma più frequentemente esce per conto suo e sta via l'intera giornata dalle vicine o dalle mie zie.

Spesso la nonna viene a trovarmi e mi porta del cibo appena cucinato, ma soltanto quando è certa che mia madre non rincasi presto. Diamo ai gatti la carne ormai divenuta immangiabile e consumo finalmente un pasto caldo. Purtroppo, non sempre è possibile perché ai miei nonni è stato proibito di frequentare la mia casa. In quelle occasioni devo accontentarmi della fetta di carne fredda preparata da mia madre e se non voglio morire di fame sono costretto a mangiarla.

Questa casa e questo letto sono la mia prigione ma anche l'unico posto dove posso stare nella mia condizione.

Amo giocare all'aria aperta con gli amici e con gli animali. Stare a casa, per me, è una vera tortura, non solo per il disagio fisico ma per la mancanza del calore familiare che non ho mai avuto, se non per qualche breve momento con i nonni.

I rimproveri e l'indifferenza dei miei genitori, e di mio padre in particolare, hanno trasformato la mia vita in una trappola di dolore.

La mia necessità di sentirmi amato è colmata dalle uniche persone che fra mille difficoltà mi vogliono, mi accettano e mi sono sempre accanto: i miei nonni.

Sono ancora troppo piccolo, dieci anni sono pochi ma già avverto il desiderio di fuggire e la necessità di andare via da questa casa che mi imprigiona. Sogno di avere due genitori amorevoli, che si prendano cura di me, che siano attenti alla mia malattia e che di tanto in tanto abbiano per me un gesto di affetto. Una semplice carezza o una parola d'amore sarebbero sufficienti. In fondo non chiedo tanto.

Invece sono solo, sempre. Mi aggrappo disperatamente al pensiero che un giorno me ne andrò, lontano da tutto e da tutti.

Capitolo 6
Cippy

Fuori c'è il sole, ma io non posso godere dei suoi raggi. Posso soltanto guardarlo dalla finestra perché le mie gambe non si muovono e posso solo immaginare come potrei sentirmi se potessi correre nelle strade e nei prati. La mia speranza è nel domani, perché oggi sono qui, costretto a letto con un'unica compagna: la mia solitudine.

Durante la giornata a farmi compagnia ci sono i miei amici immaginari che mi aiutano a trascorrere il tempo.

Il pavimento fatto di graniglia ha le venature che formano figure antropomorfe alle quali ho dato un nome. Ogni mattina le passo in rassegna e saluto l'indiano, il cowboy e il mostro. Scavando nei meandri più profondi della mia perspicace immaginazione, posso scoprire i segreti più reconditi celati nella stanza e non esiste impresa che non possa compiere.

Ogni volta che ho un po' di cibo per i miei piccoli animaletti o qualche nuovo oggetto con cui giocare, posso inventare una nuova trama e con la mia fantasia parto per una nuova avventura. Ho adottato anche formiche, piccoli ragni e altri insetti che ormai sono divenuti miei amici. Li prendo e li pongo sulla sedia accanto al mio letto. Creo loro dei percorsi obbligati con le briciole di pane e gioco con le formiche divertendomi a seguirle nel percorso della loro rincorsa al cibo.

Costruisco nel mio lettino una capannina con i cuscini che mi permettono di stare un po' più comodo ogni qualvolta sento la necessità di cambiare posizione a causa dei dolori. Li posiziono sotto le lenzuola a mo' di tana e gioco fingendo che sia il mio nascondiglio, dove io e i miei amici immaginari possiamo accucciarci come animaletti fino a quando giunge il buio della notte, per uscire soltanto quando dalla finestra entrano le prime luci dell'alba. La mia triste cameretta diviene allora un grandioso palazzo. Talvolta immagino che il cuscino sia una ragazza, un amico o magari qualche personaggio della televisione e mi ritrovo a conversare con lui e pian piano escogito la mia piccola grande avventura.

Il nonno mi porta spesso quaderni e piccole matite colorate della Giotto nella confezione da sei. Grazie a questi doni comincio a disegnare e con l'andare del tempo la passione per il disegno cresce in modo esponenziale fino a diventare per me uno degli obbiettivi primari della mia vita. Il disegno, la pittura e le arti diventeranno presto il mio modo per evadere dalla solitudine. È talmente grande la passione con la quale idealizzo i miei film che le mie avventure prendono vita, la mia fantasia crea i disegni e le mie matite li colorano. Quando riesco a raggiungere la tv, accendo una finestra su quel mondo esterno che sebbene sia in bianco e nero, stimola freneticamente la mia immaginazione. Perfezionando di giorno in giorno i particolari, esprimo tutta la mia voglia di vivere e di creare.

Tutti i personaggi diventano così miei amici e vivono nella mia stanza per farmi compagnia in questa profonda solitudine.

Le lacrime amare della sofferenza, diventano la gioia di chi corre veloce e si tuffa nell'azzurro mare. Così i personaggi appena creati, cominciano a giocare con me. La mia casa si riempie di colori e io intreccio il reale con l'irreale.

Guardo fuori dalla mia finestra a pochissimi metri da quella di comare Carolina, la mia dirimpettaia, aspettando che lei si accorga di me e attendo impaziente il suo saluto. Sotto l'imposta, sul lato esterno della casa, c'è un pertugio e un passerotto vi ha fatto il suo nido. Quando sono in grado di alzarmi dal letto vado a scrutarlo: controllo se le uova si sono schiuse e se sono nati i piccoli. Alcuni ragazzi del paese distruggono i nidi degli uccelli, una sorta di divertimento barbarico. Sono arrivati sotto casa e allungando il bastone fino al grumo di rametti, foglie e piume, lo hanno sferzato più volte fino a che non è caduto. Molti piccoli della nidiata si sono spiaccicati al suolo. Soltanto un piccolino riesce a sopravvivere. Lo adotto e decido di chiamarlo Cippy.

Ogni giorno mi procuro piccoli insetti morti e metto un po' di grano in ammollo fino a che non diviene poltiglia. Con un ferretto per capelli datomi dalla nonna e con tanta pazienza nutro il piccolo. Mi prendo cura di lui e ho imparato a volergli bene.

Alcuni giorni più tardi, arriva un'altra crisi e nuovamente sono costretto a letto.

Nel frattempo il mio passerotto cresce e lo tengo sempre con me, notte e giorno. Cippy saltella allegro sul mio letto, fa un breve volo all'interno della mia stanza, dopodiché si posa sulla mia spalla sinistra. È la mia unica compagnia vivente in queste lunghe giornate trascorse in solitudine, un gran conforto per chi come me non vede nessuno per ore intere.

Oggi i miei genitori uscendo di casa, dimenticano la porta aperta. Cippy ha a malapena imparato a svolazzare e io mi diverto a osservarlo mentre esegue le sue maldestre circonvoluzioni. Sono intento ad ammirarlo quando vedo il muso nero di un gatto sbucare dalla porta. Il terrore mi assale. Con aria furbesca si aggira per la stanza osservando la sua preda.

In una frazione di secondo penso al peggio.

È un randagio e il suo istinto primario lo porta a cacciare alla ricerca del cibo. Punta Cippy con aria famelica e minacciosa, già pregustando il suo pasto.

Non posso muovermi per difendere il mio passerotto. Comincio a urlare come un forsennato nel tentativo di spaventarlo e fare in modo che si allontani, ma il gatto mi ignora. Urlo tutta la mia disperazione con quanto fiato ho in gola. Mi sento inutile e senza alcuna possibilità di aiutarlo. Le mie ginocchia sono atrofizzate e per quanti tentativi faccia, non si muovono.

Il gatto si avvicina lentamente al mio passerotto e con un balzo felino lo addenta, sotto i miei occhi colmi di lacrime. Il mio amico, compagno di lunghe giornate trascorse nel mio letto di dolore, in un attimo non c'è più. Rimane soltanto qualche piuma sparsa qua e là nella stanza.

Non è giusto. Non è giusta questa vita. Urlo e impreco contro la mia assurda malattia. Non c'è un senso logico in tutto questo. Mi sento inutile e incapace. Sono stato testimone dell'ennesima ingiustizia senza avere alcun potere di intervenire. Piango tutte le mie lacrime di bambino.

Un rivolo caldo cola dalla mia narice, sarà il preludio di una lunga ed estenuante tortura. Subisco frequenti casi di epistassi e la prima goccia di sangue preannuncia un episodio emorragico che mi costringerà a un ulteriore disagio.

Sono immobilizzato a letto e non posso alzarmi a causa degli emartri formatisi nelle ginocchia. Non posso fare altro che sollevare il capo.

Purtroppo l'emorragia è inarrestabile e come un temporale, inizia con qualche goccia, fino a divenire diluvio.

Il dottor Arcadi mi ha insegnato un metodo efficace per arrestare la fuoriuscita di sangue: utilizzo del cotone emostatico, che mi procuro trascinandomi con immane fatica fino al bagno, lo infilo nel naso fin quando non lo sento arrivare alla radice e lo tengo anche quando è intriso di sangue. Vado avanti per molti giorni prima che possa rimuovere la medicazione. Sono costretto a respirare con la bocca con la conseguenza che i miei denti potrebbero crescere disallineati. Per evitare quest'ulteriore motivo d'imbarazzo, premo i pollici con forza contro gli incisivi e rimango in quella posizione per ore, a volte anche per l'intera giornata.

Rimango solo tutto il giorno, attendendo con pazienza che mia madre ritorni a casa. Al mattino prima di andare via, quando se ne ricorda, mi lascia vicino al letto il vaso da notte per fare i miei bisogni. Purtroppo non sempre lo rammenta. Capita spesso, quando ho la necessità di utilizzare il bagno, che il pitale non ci sia. Allora cerco di resistere, ma non posso farlo all'infinito. Non posso fare forza sui gomiti perché dolenti e così anche le ginocchia. Supino scivolo lentamente fuori dal letto, facendo forza sulla nuca, sulle mani e su ogni parte del corpo che non duole. Striscio adagio come un serpente. Devo percorrere soltanto tre metri, tale è lo spazio che mi separa dal bagno, ma è come se dovessi percorrere una distanza infinita. Scivolo dal letto, striscio, faccio forza sul sedere e sulla schiena e finalmente arrivo in bagno. Per sollevarmi da terra mi appoggio al muro con uno sforzo immane e premendo la nuca sulla parete riesco ad alzarmi, tanto quanto basta per potermi sedere sul water.

Pur essendo un bambino la mia dignità non mi consente di fare i miei bisogni sporcando il letto.

Durante la giornata, a un'ora imprecisata, passa il dottor Arcadi per farmi la quotidiana iniezione di un farmaco palliativo che dovrebbe servire a favorire la coagulazione. In realtà è totalmente inutile ma è l'unico farmaco che io possa assumere.

Il dottor Arcadi entra nella stanza, poggia sulla sedia la borsa di pelle marrone e ogni volta esordisce sorridente: – *Ciao Francesco, come va oggi?* – mi accarezza i capelli e prepara la siringa di vetro che mia madre ha già fatto bollire per sterilizzarla. La siringa non la scorda mai perché teme di essere sgridata dal medico. È un altro dei momenti fissi che scandiscono le mie lunghe giornate, dove la presenza di un essere umano, sebbene si tratti di un dottore, fa piacere.

Fortunatamente la musica diviene mia amica e mi tiene compagnia.

Talvolta qualcuno viene a trovarmi e allora gli chiedo di accendermi la radio. Si tratta di una Minerva, molto in voga in questo periodo, un apparecchio di grandi dimensioni. Posizionata sul tavolino è di color marrone scuro, con due manopole per regolare il volume e cercare i canali e sulla parte superiore c'è il giradischi.

Rita Pavone, Mina e Gianni Morandi accompagnano le mie giornate e sono i miei cantanti preferiti, ma il mio idolo è Adriano Celentano.

Alle diciassette del pomeriggio in televisione trasmettono '*La tv dei ragazzi*'. Io amo guardare Rin tin tin, Zorro e Bonanza e la mia serie preferita: Robinson Crusoe.

Tanto era il desiderio di poter vedere Robinson Crusoe che ieri pomeriggio, per poter accendere la tv sono scivolato dal letto e, pur con dolori inimmaginabili, sono riuscito nell'intento con mia grande soddisfazione.

Alle diciannove trasmettono un programma educativo intitolato '*Non è mai troppo tardi*' condotto da Alberto Manzi che, come a scuola, insegna l'uso delle vocali e delle consonanti. Il programma ha lo scopo di alfabetizzare la popolazione prevalentemente analfabeta e per me, che ho frequentato soltanto un giorno di scuola, è una manna dal cielo.

Il mio unico sfogo è disegnare e mi piacerebbe tanto diventare un pittore e creare immagini con colori, pennelli e tele.

Capitolo 7
Notti infinite

La notte per me è infinita. Di giorno il tempo trascorre con estrema lentezza ma la notte non passa mai in quanto non mi è possibile alcuno sfogo. Durante le ore diurne sono sempre solo, posso allora sfogare tutto il mio dolore con pianti, urla e singhiozzi tanto nessuno può sentirmi. Ma la notte i miei genitori dormono nella stanza vicina e non posso né voglio arrecare loro alcun disturbo. Mi rigiro nel letto cercando la posizione migliore per alleviare la parte che in quel momento mi duole.

I dolori sono pulsanti, come se un essere estraneo attraversasse il mio corpo. Dalle ginocchia all'anca, dal piede alla spalla e quando iniziano, non mi danno tregua. Quando trovo la posizione provo sollievo per pochi minuti, poi tutto ricomincia daccapo.

Soffoco i lamenti per non farmi sentire da mio padre in quanto si infurierebbe e come ogni volta dovrei subire le sue imprecazioni. Non c'è comprensione da parte sua, soltanto fastidio e disprezzo.

Ho creato diversi espedienti: con entrambe le mani stringo forte la parte dolorante, comincio a cullarmi dondolando sul bacino e con l'indice accarezzo lentamente le mie ciglia, una sorta di coccola sostitutiva autoprodotta. In questo modo tento di distrarmi e di spostare l'attenzione dal dolore, riesco così a calmarmi e a trovare un po' di requie e accompagnato dal ticchettio dell'enorme sveglia posta sul comò, ho l'impressione che il tempo scorra più velocemente.

Durante la notte, con l'aiuto di rumori esterni, misuro il tempo: lo scalpitio degli zoccoli dell'asinello nella stalla o lo scroscio dell'urina che viene buttata dalla finestra nel vicolo da chi ancora non ha installato i primi gabinetti in casa.

D'estate, con le finestre aperte, riesco ad ascoltare i sussurri della notte. Spesso sento compare Ilario cantare nel sonno. La sua casa è all'angolo della strada e l'anziano compare ogni notte alle tre, in maniera del tutto inconsapevole, comincia a cantare una nenia incomprensibile, una cantilena che nessuno riesce a capire. Canta nel sonno e non se ne accorge. Sono stornelli incomprensibili, ma una cosa la comprendo bene: è notte fonda e io non riesco a dormire.

In lontananza sento il rissare dei gatti o i loro corteggiamenti quando sono in amore e i lontani lamenti di qualche sventurato cagnolino che come me, è legato con la catena alla sua scomoda dimora.

Fra una crisi e l'altra, stremato cado nel sonno, ma non dura che pochi minuti, poi mi risveglio di soprassalto e ricomincia l'agonia.

Alla fine il rumore più gradito è il canto del gallo che preannuncia l'arrivo del nuovo giorno e quindi la fine della mia volontaria costrizione.

Talvolta prima di riuscire a dormire un'intera notte trascorrono due settimane. Quando le emorragie terminano, dormo per due giorni e due notti intere. Attendo la mattina come una liberazione per poter avere un po' di sfogo. I miei genitori usciranno e io voglio solo urlare. Urlare con quanto fiato ho in gola l'ingiustizia di chi soltanto bambino, si sente inerme e può soltanto subire.

Capitolo 8
Sognando la fuga

Mia nonna ripete spesso che non vivrà abbastanza a lungo per vedermi sposato. Queste parole m'infondono una certa inquietudine. È presagio, paura, sensazione? Spero sinceramente che non abbia ragione.

È parsimoniosa e oculata nell'economia ma per me ha sempre qualcosa e qualche soldino per le mie piccole necessità non manca mai. Ogni volta che ho la possibilità di andarla a trovare, lei sente il rumore dei miei passi sui gradini di legno e subito si affaccia e mi dice: – *Vieni figlio mio, vieni* – mi porge la sua piccola sedia impagliata e dopo una fugace carezza sui miei capelli, si commuove e si affretta alla ricerca di qualcosa da offrirmi, talvolta è un melograno, conservato gelosamente per me, che snocciola in un bicchiere, altre volte un pezzetto di ricotta, che la minuta nonna ha risparmiato dalla già misera porzione servita per condire la pasta per pranzo e che cerca di rendere più gradevole aggiungendo un po' di zucchero. Quando proprio non trova nulla, prende il suo adorato macinacaffè e con movimenti cadenzati gira il piccolo bracciolo: – *Figlio, adesso ti preparo un buon caffè* – mi dice con un sorriso stampato sulle labbra e un'infinita dolcezza. In realtà si tratta di orzo, perché la poverina il vero caffè non se lo può permettere. Insomma, se io sono felice lei lo è ancor di più.

Nonna Mela e nonno Francesco si privano di tutto pur di poter aiutare i figli e i nipoti. Quanta tenerezza quando mio nonno sbuccia la mela con il suo piccolo coltellino tascabile e poi, tagliandola in due, ne porge una metà alla nonna.

La nonna spazzola i suoi lunghi capelli e quelli che cadono li ripone con cura all'interno di una scatola. Li baratterà con il capillaro, un personaggio che si occupa di acquistare capelli femminili per farne parrucche.

Ella possiede un barattolino dove ripone le monete destinate a me e quando siamo soli me le porge. Se siamo in presenza di altre persone, prende le monete e le nasconde nella grande tasca del grembiule nero che indossa e comincia ad aggirarsi con fare misterioso. Quando è certa di non essere osservata, me le porge furtivamente, facendomi cenno di metterle via subito senza farmi vedere. La stessa scena si ripete anche in presenza di mio nonno non appena lui si volta. Ma mio nonno pochi istanti dopo, si gira verso di me e mi fa l'occhiolino come a farmi intendere che è a conoscenza della cosa all'insaputa della nonna. Questa scena mi fa sorridere sempre e mi mette di buonumore.

Come il nonno, nonna Mela è dotata di grande dignità. Introspettiva e con un'inimmaginabile bontà d'animo. Il nonno è istruito, sa leggere e scrivere e organizza la vita familiare ma soprattutto si occupa di difendere lui e mia nonna dalle angherie del figlio al quale hanno dato tutto, persino la loro casa. Eppure per loro non c'è mai stato un posto né alla tavolata nel giorno del Santo Natale né davanti al televisore, dove mio nonno chiede di vedere il telegiornale della sera.

Se la nonna restasse sola, senza la protezione del marito, non so che fine farebbe.

Ringrazio i miei nonni per essere sempre presenti nonostante i sotterfugi ai quali sono costretti per vedermi di nascosto da mio padre, eppure nonostante io sia ancora un bambino, sento il desiderio di fuggire via da qui, da questo paese, da questa casa, dai miei genitori. Un desiderio che spero si realizzi non appena sarò in grado di essere autonomo. I nonni sono il mio unico affetto sincero, ma non saranno eterni.

Capitolo 9
La festa

Oggi, 25 settembre, incominciano i festeggiamenti dei miei amati Santi Cosimo e Damiano. Anche quest'anno non potrò vedere la festa perché da giorni ho il ginocchio destro e la caviglia sinistra gonfi. Per fortuna il dolore è sopportabile e questa notte ho potuto riposare abbastanza. Anche se è mattina presto, io sono già solo. Mio padre è andato al santuario dove si svolge la fiera degli animali e mia madre è andata a comprare il necessario per la casa. È consuetudine che, in questo periodo, si compri il necessario per tutto l'anno. Nella fiera si trova di tutto e a poco prezzo. Prima di uscire, mia madre mi ha detto: – *Vado a comprare una giacca nuova per tuo padre, una tiana*[6] *per fare il sugo, perché quella che ho è quasi rotta, i pinozzi*[7] *da regalare e qualcosa per i tuoi cugini. Siccome i soldi non bastano, dammi pure i dollari che ti ha mandato tua zia Maria dall'America per la festa, tanto a te non servono* – aggiunge come fosse la cosa più naturale del mondo.

Per me non c'è nulla, non sono nemmeno stato considerato o incluso nella lista.

Vorrei chiedere qualcosa: un piccolo flauto giocattolo, si-

6 *tiana*: pentola in terracotta.
7 *pinozzi*: arachidi.

mile a quello che ho visto nel concerto in tv oppure un bell'album grande e i pastelli a cera, perché per disegnare ho solo il piccolo quaderno e le matite di legno regalate dal nonno e che comunque devo tenere nascoste agli occhi di mia madre. Invece non chiedo nulla, abbasso la testa e prendo i dollari che pochi giorni prima mia nonna Mela mi ha consegnato, dicendomi: – *Questi te li manda mia sorella Maria dall'America.*

Ora che ho consegnato i miei soldini, mi sento meglio, almeno ho fatto qualcosa di buono.

Dalla via Spirito Santo sento i fedeli che stanno scendendo verso la chiesa e cantano: – "*Stiamo arrivando da tanto lontano, Santi Cosimo e Damiano porgeteci la mano.*"

Hanno camminato tutta la notte e hanno fatto tanti chilometri per arrivare presto a Riace. Alcuni hanno camminato per giorni interi in pellegrinaggio e arrivano da diverse parti della Calabria. Sento in lontananza le prime note della banda, è arrivata in piazza Municipio e adesso farà il giro del paese per annunciare l'inizio della festa. Ho sentito dire che è una bella banda, con molti musicisti vestiti di nero e di azzurro. Quanto mi piacerebbe vederli. Forse oggi potrò farlo. Ci vuole un po' di tempo ancora prima che passino dalla mia via e se mi sbrigo posso arrivare fino alla porta e da lì vedere un pezzetto di strada. Raccolgo le forze e come ho fatto tante volte per andare in bagno, procedo lentamente, strisciando. Sono arrivato alla porta, il problema ora è riuscire ad aprirla. A questo non ci avevo pensato. Ho fatto una fatica inutile. Non mi posso ergere davanti alla porta e anche se ci riuscissi rischierei di cadere rovinosamente. Rimango disteso, davanti all'uscio, triste e deluso. Mi conviene tornare a letto. Nel piegarmi vedo dietro una sedia una scopa e un'idea balena nella mia mente: se la usassi per tirare su il saliscendi della serratura? Ormai non ho nulla da perdere, conviene provarci e anche al più presto perché il suono si fa sempre più vicino. Mi sposto verso la scopa, l'afferro e la sollevo verso la porta, facendo attenzione a non farmi male ai gomiti o alle spalle. La sistemo sotto la maniglia, spingo verso l'alto e la porta si apre. Ormai non mi resta che portarmi fuori sul primo gradino e attendere. Pochi minuti dopo le note musicali si incanalano lungo la stretta via. Questo motivo lo conosco: è la marcia di Squinzano. Ho la pelle d'oca, mi sento assalire da un'energia nuova e dico a me stesso: – *San Cosimo mio, con la musica andrei pure a morire* – tengo lo sguardo fisso e la prima cosa che vedo sono i ragazzini che precedono festosi la banda. Finalmente compaiono i primi musicisti che cominciano a salire e ad avvicinarsi alla mia casa. La via si riempie di azzurro e il suono è sempre più forte. Li guardo uno a uno come se volessi fotografarli nella mia memoria per sempre. Saranno le mie foto ricordo, quelle che mi permetteranno di immaginare tutta la festa.

"*Il pullover che m'hai dato tu, sai mia cara possiede una virtù...*". Sono giorni che mi sveglio con questo motivo di Gianni Meccia. Proviene dalla piazza del paese, ma oggi, 27 settembre, ultimo giorno di festa, dopo due mesi ininterrotti a letto, mi posso alzare.

Apro la finestra e una ventata d'allegria entra finalmente nella mia stanza. Il profumo dei mostaccioli, delle noccioline e delle mandorle zuccherate raggiunge le mie narici procurandomi una piacevole sensazione e una certa acquolina in bocca.

La musica ripetuta che proviene dalle giostre mi spinge al desiderio irrefrenabile di uscire di casa per vedere quelle meraviglie. Mi sento un po' come Pinocchio nel paese dei balocchi, quando sa che non è giusto trovarsi lì, ma la sua brama di volersi divertire e sperimentare è più forte del suo dovere morale. Nel mio caso si tratta non tanto di un limite morale, quanto dell'inabilità fisica. Tante sono state le borse di ghiaccio che negli ultimi due mesi ho dovuto tenere sul ginocchio, tante le notti insonni, tanto il dolore e solo oggi riesco a stare in piedi.

Mi affaccio alla finestra e vedo le comari ritirarsi dalla fiera con gli oggetti acquistati e i loro figli giocare allegramente nel vicolo con i giocattoli nuovi. Io vorrei tanto, oltre al flauto anche l'armonica a bocca per suonarla come nei film western. Domenica scorsa ero sul punto di riuscirci. Il nonno sapendo che mi piace giocare al totocalcio, mi ha permesso di giocare due colonne. Lui stesso ha portato la schedina alla ricevitoria di Peppi Meli. Ho fatto dodici e se Roberto Boninsegna dell'Inter, detto Bonimba, non avesse sbagliato un rigore contro la Fiorentina, avrei fatto tredici. Ho vinto cinquantamila lire, una piccola fortuna. Purtroppo li ho dovuti dare ai miei genitori per comprare il maialino. Sono stato contento di essere stato utile ma mi aspettavo un sorriso di approvazione o un semplice "*Grazie*", mia madre invece, ha trattenuto i soldi come un diritto acquisito.

Resto appoggiato alla finestra e guardo per ore gli uccelli cinguettare e saltellare indaffarati da un riparo all'altro. Un gattino con passo felpato vuole infilarsi nella casa di qualcuno, gli basta una finestra socchiusa, una porta accostata, un buco o una fessura nel muro, ed eccolo accedere per poter rubare un boccone. Anche lui ha il diritto di sopravvivere.

Sul davanzale c'è un foglio di carta e subito i miei pennarelli disegnano da soli, le mie mani li seguono e tutto prende forma.

La giornata scorre e mia madre non ritorna, come al solito chiacchiera nella casa di qualche parente. Dalla scala di legno sento il passo leggero della nonna che con discrezione cerca di capire se si può avvicinare al suo nipotino.

E allora la rassicuro: – *Vieni nonna, mia madre non c'è*. Nascosto sotto il grembiule nero porta un fagottino, me lo porge e dice: – *Tieni figlio, mangia, queste polpettine le ho fatte per te* – poi dalla tasca tira fuori il barattolino delle pastiglie nel quale ha raccolto le monete ed è lei stessa a metterle nella mia tasca. Tremante per il possibile ritorno di mia madre, teme di essere rimproverata quindi mi da un bacio sulla fronte e scappa via al piano di sopra.

Scendono le prime ombre della sera e in lontananza s'intravede il paese illuminato a giorno. In questo momento, la difficoltà del mio corpo è l'ultimo dei miei pensieri, non m'importa. Voglio essere normale, voglio divertirmi come un qualsiasi ragazzo della mia età. Chi può impedirmelo?

Non si è ancora fatto buio, mi armo di coraggio ed esco.

Nonostante sulla strada le gambe siano ancora tremolanti e i passi insicuri, mi avventuro verso la via principale. Sono preoccupato ma, come tutti i bambini, sono curioso. Brilla tutto di una luce bellissima. Io mi sento così eccitato al punto da non riuscire più a fermarmi e i miei occhi luccicano. È una sensazione molto bella e io non l'ho mai provata, è tutto nuovo per me. Cammino in una strada affollata, mi fermo davanti ogni bancarella. C'è uno sputafuoco che fa ondeggiare una fiaccola e lancia fiamme dalla bocca. Passa la banda e come sempre la musica mi trasmette una forte energia, purtroppo non sufficiente per poterla seguire. Un bimbo guarda il suo palloncino colorato raggiungere il cielo, sfuggitogli di mano perché alle prese con una gigantesca nuvola di zucchero filato. Un piccolo gruppo di persone suona i tamburi con ritmo tribale.

Quanti suoni, quanta allegria e che profumo di torroncini, di popcorn e arachidi da mangiare con voluttà. Potrei vincere puntando sulla roulette o sui dadi. Se avessi i soldi punterei sulla mezza luna, ma i soldi della nonna non bastano. Imprimo ogni particolare nella mia mente, estasiato dalle luci e dai colori.

Una signora mi dà un cerchietto di legno e mi invita a lanciarlo su delle bottiglie di liquore poste a piramide, devo infilare il cerchietto sul collo della bottiglia ma non mi riesce – *Peccato* – mi dice – *sarai più fortunato la prossima volta.*

Quante giostre rumorose: il trenino, la giostra dei cavalli e la signora dell'autoscontro che annuncia all'altoparlante l'inizio e la fine della corsa e, come i bimbi seguirono il pifferaio magico, io seguo incantato la musica.

Non c'è ancora nessuno, voglio soltanto fare un giro. Che male può farmi un solo giro? Vado alla cassa e prendo un gettone. Osservo tutte le auto e scelgo quella rossa.

La mia felicità è alle stelle. Lo stomaco è aggrovigliato dall'emozione della prima volta. Il giro parte e io premo il pedale. Mi sento un pilota di Formula Uno nella mia Ferrari rossa fiammante. Ho paura ma sono trepidante, questo momento fino a ora l'ho solo potuto immaginare, annusare e percepire, ma ora tutti i miei sensi sono acuiti e posso toccare con mano. Perso nei miei pensieri e stordito dalla musica la mia auto parte e subito colpisce la parte opposta della pista. L'urto di rimando lo sento nel ginocchio come una frustata e immediatamente parte l'emorragia interna.

Fine della corsa.

La signora mi guarda uscire, stupita, sulle note della famosa canzone di Bobby Solo: '*Una lacrima sul viso*', sembra che qualcuno l'abbia messa apposta per far apparire ancor più tragico l'avvenimento.

Torno a casa deluso e zoppicante. Non sono riuscito a concludere nemmeno un giro completo all'autoscontro. Quindi è vero, sono un buono a nulla. Nella strada del ritorno il ginocchio si gonfia e appena arrivo a casa mi distendo sul letto.

Per me la festa è già finita.

Capitolo 10
Odio ingiustificato

Riprendo le mie giornate in monotonia. Tutti i giorni sono uguali. Tutti i giorni sono solo.

In paese ogni famiglia possiede un asinello, che utilizza come mezzo di trasporto e per i carichi pesanti. Mio padre ha invece acquistato con una spesa ingente, un cavallo in modo da distinguersi dagli altri e fare in modo che la gente parli di lui. È stato persino capace di vendere una mucca per acquistare una televisione. La tv è una rarità, soltanto le persone più in vista la possiedono e a Riace si trova solo in casa del sindaco e del medico del paese.

Mio padre giustifica l'acquisto sconsiderato affermando che l'ha presa per alleviare la mia solitudine e per distrarmi.

In realtà, quando sono costretto a letto, il televisore non lo posso toccare perché non sono in grado di alzarmi per andare ad accenderlo. Quando invece riesco a muovermi mi è proibito utilizzarlo in quanto consuma troppa energia elettrica.

Il nonno lo riprende dicendogli che si tratta di un acquisto superfluo poiché il cibo è scarso e certo non navighiamo nell'oro. Mio padre inveisce contro di lui ribadendogli di non interferire nelle sue faccende. Un acceso litigio esplode fra i due. Mio nonno cerca di farlo ragionare, ma dalla bocca del figlio volano male parole fino a non contenersi oltrepassando il limite. Accecato dalla rabbia si accanisce contro il suo stesso padre scaraventandolo in un canneto. Mantiene il suo comportamento rabbioso per tutto il giorno, distribuendo calci e frustate a tutti gli animali e seppellisce viva un'intera cucciolata. Persino al povero cavallo bianco non risparmia la sua ira e gli molla un morso poco sopra la coda.

Mio padre non perde occasione per denigrarmi di fronte agli occhi degli altri e allo stesso modo si comporta anche con mia madre. Per quanto mi sforzi, non riesco a ricordare un solo giorno nel quale mi ha rivolto un sorriso, un gesto di affetto o un piccolo dono. Per me bambino, sarebbe sufficiente.

Le rare volte che interloquisce con me ha un sogghigno beffardo. Un uomo dall'animo oscuro e subdolo, completamente opposto a suo padre, mio nonno. È egocentrico e cerca in ogni modo di attirare l'attenzione su di lui.

Ha venduto tutto per essere il primo del paese a costruirsi una casa. I beni che mio padre vende appartengono al nonno. Di fatto lo bistratta ma, quando ne ha bisogno, gli chiede denaro e favori. I miei nonni non sono mai stati invitati durante le feste natalizie, momenti nei quali le famiglie si riuniscono, ma sono costretti a trascorrerle da soli. Sono invitati invece tutti gli altri, amici e parenti, lontani e vicini, in modo che i miei genitori possano mettersi in mostra e far parlare bene di loro. Per i miei nonni non c'è mai posto. Quando mio nonno è mancato, mio padre come da costume, si è presentato al funerale ma i due non si parlavano da anni.

L'unico regalo che ho avuto da mio padre è stato un gelato al limone.

Nel pomeriggio, come di consueto, mio padre va al bar e ieri il barista gli ha detto: – *Leonardo, compra il gelato per tuo figlio e tua moglie, vedrai gli piacerà, l'ho fatto con la macchina per i gelati appena acquistata*. Moralmente costretto, ha comprato il gelato e ha accettato soltanto perché è stato invitato a farlo, per non fare una figuraccia e passare per pezzente. Una volta arrivato a casa, non si è preso nemmeno la briga di porgermelo personalmente, lo ha consegnato a mia madre senza una parola. In tutta la mia vita questo episodio è stato il suo unico atto di forzata gentilezza. Ha l'abitudine di mettere mano al portafoglio per chicchessia, tranne che per la sua famiglia.

Capitolo 11
Storie di paese

Nei miei pomeriggi solitari vivo una sorta di realtà virtuale. Non potendo muovermi ascolto tutti i rumori e il vociare delle persone del vicolo, sentendo le loro storie e immaginando come sono fatte, do libero sfogo alla mia creatività riportando le immagini sul piccolo quaderno regalatomi dal nonno. Immagino il vicolo, i suoi colori e le persone.

La mattina la via Spirito Santo è alquanto silenziosa. Gli uomini lavorano in campagna e le donne sono occupate con le faccende di casa. Il pomeriggio diviene invece un vero e proprio salotto con i suoi muretti in pietra che fungono da sedili.

Solitamente al vicolo si pensa soltanto come al luogo dove si indugia in chiacchiere più o meno maliziose: la presunta serietà di quella o di quell'altra ragazza, l'opportunismo di compare Peppe, furbo nell'ottenere da giovane la pensione pur scoppiando di salute o il supposto amoreggiare di due giovani. Sono da tutti apprezzati i consigli di Maria, nota per la sua discrezione che nel momento del bisogno è sempre pronta ad ascoltare e dare il suo sostegno.

Ma il vicolo è anche il luogo dove le persone si riuniscono e con una solidarietà necessaria dettata dal bisogno, si aiutano l'un l'altra per vari lavori: ci si aiuta a vicenda nel pulire le olive, i cereali e con i pezzetti di pomodoro si preparano le conserve per l'inverno. In specifici periodi si fa la *vucata*[8], ma l'aspetto che mi turba maggiormente è la macellazione del maiale, pratica barbarica e ignominiosa.

A rotazione tutti vengono aiutati dagli altri in base all'esigenza.

Nelle case non c'è l'acqua e tutte le donne e le ragazze adolescenti sono costrette a recarsi alle sorgenti fuori paese per riempire le *cortare* e cantando le portano sulla sommità del capo fino a casa.

Compare Ilario lavora il vimine per fare i cesti, la moglie Caterina pulisce i cardi selvatici, Carolina le verdure, alcune rammendano, altre filano i tessuti e altre ancora lavorano ai ferri. Seduto in un angolo c'è Nazareno che con incredibile abilità fa stornellare il suo mandolino. Conosce tutte le melodie napoletane e, anche se a volte mi viene un nodo alla gola, starei ore intere a sentirlo.

Nei rari casi nei quali non c'è nulla da fare, le persone si riuniscono semplicemente per fare quattro chiacchiere. Io che non posso stare in mezzo a loro, mi accontento di ascoltarli seduto sul pavimento del mio balcone; soprattutto mi piace ascoltare compare Turi Violante, marito di comare Carolina, il quale è dotato di un'abile capacità di eloquio che ha il potere di catturare l'attenzione di tutti i presenti e tenerli incollati alla sedia per ore raccontando storie di vita vissuta. È un uomo simpatico e scherzoso e racconta storie talmente arricchite da particolari inverosimili da risultare, con il senno di poi, poco credibili.

– *Una sera* – esordisce in uno dei suoi racconti – *vidi la sagoma di un frate passare davanti alla chiesa dello Spirito Santo. Era notte fonda e la falce di luna nel cielo rischiarava a malapena il sagrato. Il cunicolo a fianco a palazzo Alvaro era tetro e oscuro. La campana della chiesa scandiva le ore con i suoi*

8 *vucata*: il bucato.

rintocchi cadenzati e di tanto in tanto un pipistrello sbatteva contro di essa provocando un lugubre rumore minaccioso.

Bambini e adulti ascoltano il racconto sgranando gli occhi e ponendo la massima attenzione possibile, con le natiche sollevate a mezzo centimetro dal sedile a causa della tensione.

Ogni tanto fa una pausa un po' più prolungata del dovuto, accrescendo ulteriormente l'inquietudine dei presenti, poi continua: – *Ebbene miei cari, pare che quella stessa sagoma, si aggiri furtiva, tutte le notti al quarto di luna calante* – conclude con fare misterioso.

L'immagine del frate francescano Leonardo, risiede imponente nel Santuario di San Cosimo e Damiano, non è difficile quindi per noi immaginare il corpo etereo del monaco aggirarsi per le vie di Riace.

In questo periodo io seguo la serie tv: '*Belfagor, il fantasma del Louvre*' e i racconti di Violante mi suggestionano a tal punto che comincio ad aver paura a stare solo in casa. Osservo di continuo la porta d'entrata nel timore che si apra da sola e vivo momenti di vero e proprio terrore. Ogni rumore mi fa sobbalzare e il mio livello di attenzione è altissimo. La paura serpeggia fra tutti i ragazzini. Si è creata una psicosi collettiva, tant'è che il poco illuminato sagrato posto alla fine della salita è diventato zona off-limits per tutti noi. Il sagrato, peraltro, ha annesso un magazzino dove sono riposte le casse funebri e, con la chiesa con l'oscuro tunnel e i grossi cani che si aggirano nel cortile del palazzo Alvaro, lo scenario diviene ancor più terrificante. Si evita accuratamente di sostare nei suoi dintorni durante le orc buic e, se per caso giochiamo a nascondino, nessuno di noi osa avvicinarsi.

La televisione è un'attrazione per tutto il paese e pare che mio padre l'abbia acquistata proprio per questo motivo. La sera, su invito dei miei genitori spesso vengono i vicini per guardare i programmi. In particolare il lunedì, quando viene trasmesso un film. In tale occasione vengono da noi prevalentemente le donne con le loro figlie. Il sabato c'è il pienone perché trasmettono il programma musicale '*Canzonissima*' con Corrado e Walter Chiari. È una sorta di cinema del vicolo, il problema è lo spazio ristretto in quanto la casa non è adatta a ospitare tante persone. Alcuni si accomodano per terra o sui gradini, altri sul mio lettino. Durante le mie crisi mi ritrovo a condividerlo con altre due o tre persone e per me diventa un ulteriore motivo di sofferenza. In tali occasioni ho la necessità di muovermi e di cambiare spesso posizione per sentire il minor dolore possibile ma in quella condizione diventa difficile, non posso allungare le gambe né posso girarmi o muovere le braccia. Se il dolore è sopportabile, soffro in silenzio, non mi lamento e cerco di non far trasparire nulla, non voglio deludere i miei genitori. Ma se le fitte sono lancinanti, non riesco a trattenere qualche gemito.

Quando sto bene è un piacere per me avere compagnia: si scherza, si ride e insieme si canta seguendo le gare canore con le canzoni degli anni '60.

Con il passare degli anni tutti hanno avuto la possibilità di acquistare una loro tv e gli incontri con i vicini nella mia abitazione si sono diradati.

Il Piccolo Ammalato

Cessato è il dolore, agognata questa pace
Lo spirito nuovamente di serenità è capace
Or, distoltosi il pensiero dalla pena
L'attenzione volge allo spezzare la catena
Odo nella viuzza il vociar della comare
E nell'udir giocar mi sento rallegrare
Le membra sento rigide per la lunga infermità
Ma la mia mente vola e dà spazio alla creatività

Mentre la fantasia prende forma e concretezza
Le immagini dissolvono l'angoscia e la stanchezza
Ecco, il male nuovamente sorge, sta per afferrarmi
In questa nuda stanza m'è negato riposarmi.

Capitolo 12
Al Bambin Gesù

Con la mia gamba curva, rovinatami a causa della prolungata ingessatura, non posso camminare, ragione per la quale il dottor Arcadi convince i miei genitori a ricoverarmi all'ospedale di Roma per seguire una terapia che mi permetta, seppur claudicante, di poter camminare. Mi ricoverano in una stanza con altri sette ragazzini.

Vengo sistemato in un letto vicino al balcone con una sorta di gabbia, un sostegno di metallo a forma di cupola, affinché le coperte rimangano sollevate, sotto ho la gamba legata al fondo del letto con dei pesi che serviranno a raddrizzarla. Si tratta di una carrucola che tiene la gamba in trazione. È un peso non indifferente, tuttavia mi permette di muovermi e giocare. La mia permanenza all'ospedale Bambin Gesù si prolungherà per cinque mesi durante i quali rimango solo. Mia madre infatti, dopo avermi accompagnato, ritorna al paese per badare a mio padre.

Conosco Claudia, un'infermiera affettuosa e, come un cucciolo, è la prima persona alla quale mi affeziono. Claudia mi aiuta per qualsiasi necessità, per me è come una sorella maggiore. Lei parla in dialetto con uno spiccato accento romanesco, ha occhi romantici e sognanti e un viso dai lineamenti morbidi, con i capelli castani dal taglio sbarazzino che porta raccolti sulla nuca sotto la cuffietta bianca. Ieri sera tutti dormivano ma io ero sveglio, tenevo soltanto gli occhi socchiusi fingendo di dormire. Claudia è entrata nella camera e dal finestrone osservava le stelle, di lì a poco, a voce molto bassa per non svegliare nessuno ha cantato per qualche minuto intonando una nota canzone popolare americana:

John Brown giace nella tomba là nel pian
dopo una lunga lotta contro l'oppressor.
John Brown giace nella tomba là nel pian,
la sua anima vive ancor…

Ho trovato l'episodio molto poetico ma non le ho detto che l'ho sentita cantare.

È quasi Natale e oggi mi sono comparsi dei puntini rossi su tutto il corpo: sono stato contagiato dal morbillo. Quando Claudia mi vede lo comunica al dottore e mi fanno immediatamente cambiare di reparto mettendomi in quarantena.

Sono a buon punto con la terapia per la gamba. Posso alzarmi, camminare e quotidianamente eseguo i miei esercizi di fisioterapia. Sto rapidamente migliorando e anche se non guarirò mai del tutto, non me ne faccio un cruccio. Mi sento bene, l'ospedale è un ambiente protetto e sicuro. Ho pasti caldi e mi coccolano. Spesso vengono i clown a fare le loro esibizioni per intrattenerci e posso guardare alla tv i miei programmi preferiti nella sala comune.

Le trasfusioni di plasma sono miracolose e mi permettono di godere di un benessere fisico che non ho mai avuto fino a ora.

Comare Caterina, la figlia della mia vicina di Riace, tutte le domeniche viene a farmi visita e talvolta mi porta dei giochi di società: la dama o i chiodini che io adoro. Si tratta di un'attività divertente, creativa ed educativa, che consiste nell'infilare piccoli chiodi di plastica colorati all'interno di una base con i buchi per formare, a seconda della loro disposizione, disegni o mosaici.

In ospedale sono riuscito a farmi molti amici. Molti di più di quelli che ho avuto fino a questo momento e ora posso muovermi liberamente, girovago fra i letti e parlo con chiunque. Conosco bene tutti i miei compagni di stanza ma anche i ragazzi delle stanze vicine.

Mia madre si è presentata solo quando è stata richiamata alla presenza dall'ospedale a causa del morbillo.

Naturalmente mio padre non si è fatto vedere una sola volta e anziché sostenere mia madre, la rimprovera perché per venire a farmi visita è costretta a lasciarlo solo.

Ho cominciato a vedere mia madre sotto una nuova luce. Lontana da mio padre è una persona completamente diversa, più solare e amorevole nei miei confronti.

Oggi con mio grande dispiacere, mi hanno dimesso. Tornare a casa significa per me tornare in prigione.

Io e mia madre abbiamo preso il treno e ad attendermi ho trovato i vicini di casa ansiosi di avere mie notizie. Sono venuti in tanti e mi hanno chiesto se stessi bene e se mi fossi ripreso. Io ho risposto loro con un improbabile accento romano, acquisito per emulazione dei miei amici dell'ospedale, generando una fragorosa ilarità.

Capitolo 13
Come un padre

Ogni anno si celebra la commemorazione dei caduti in guerra dell'ordine dei cavalieri di Vittorio Veneto e oggi io riesco a camminare abbastanza agevolmente. Il nonno mi prende per mano e mi porta con lui nella piazza dove si tiene la piccola parata. È un eroe di guerra, insignito al valore militare e sul petto porta con orgoglio diverse medaglie.

Quando la banda intona la '*Canzone del Piave*' si irrigidisce, mi stringe la mano e i suoi occhi e quelli dei suoi compagni si riempiono di lacrime, ricordando le interminabili giornate in trincea dal futuro incerto, le battaglie e le lunghissime marce fino a far sanguinare i piedi. Conosco bene l'inno del Piave, tante volte me l'ha canticchiato e ora in piazza lo cantiamo insieme.

Intorno a noi ci sono molti ragazzi della mia età e anche più grandi ad ascoltare la banda. Nel guardarli è come se volessi comunicargli: – *Vedete? Questo è mio nonno Francesco, l'uomo di cui vado fiero.*

Mi racconta del pittore conosciuto e ospitato a casa sua quando venne a decorare la nostra chiesa, quella dello Spirito Santo, incontrato nuovamente nel campo di detenzione. Fu proprio lui che lo aiutò a fuggire da morte certa. Mi racconta di Gennaro, un suo compagno soldato che in preda al panico e alla disperazione scappò via e di lui non se ne ebbe più traccia. A conclusione delle tante storie che seguo a bocca aperta, nonno Francesco apre il cassetto del comò e mi mostra alcune vecchie monete russe e le grosse medaglie di guerra con i nastrini bianchi, rossi e verdi – *Queste un giorno saranno tue* – mi dice sorridendo.

Per me è un giorno memorabile. Ha condiviso con me uno dei momenti più significativi della sua vita.

Sono orgoglioso e fiero del nonno. È un uomo straordinario, molto diverso dalla gente comune. Gli uomini del paese si ritrovano spesso al bar a bere e a discorrere di futili argomenti. Lui non frequenta quei luoghi ma legge e si informa in continuazione, ha i suoi libri ingialliti sul comodino che rilegge spesso. Pur non avendone i mezzi, la sua sete di conoscenza è molto grande. In un piccolo paese come Riace non ci sono biblioteche o librerie disponibili. Il nonno si interessa di politica, di economia, di attualità e di qualsiasi argomento possa espandere la sua fertile mente.

Oggi mi sono reso conto che per me mio nonno rappresenta il padre che non ho, colui che mi dà affetto e che mi sta insegnando a vivere.

Ho una grande stima per quest'uomo e il suo amore verso di me è infinito.

Capitolo 14
La zingara

È un piovoso pomeriggio di marzo, Maria dal vicolo grida: – *Teresina, Teresinaaa! Gira una zingara che indovina la fortuna, te la mando.*

Mia madre, con l'animo provato e assuefatta alla superstizione che come altre pratiche fanno presa sulle persone insicure e umili, in quell'istante, presa alla sprovvista, piomba in un autentico smarrimento e ancora con il cuore stretto dall'inquietudine per la salute del figlio, non trova la saggezza di liberarsene.

La signora sale i gradini,indossa un gonnellone che ondeggia a ogni suo passo, realizzato con diversi tipi di stoffa a fiori variopinti sul davanti e del colore del mare in tempesta nella parte retrostante. La presunta chiaroveggente ha lunghi capelli neri, unti e spettinati, raccolti alla bell'e meglio e puntati con grosse forcine. Dai lobi delle orecchie pendono un paio di enormi orecchini a forma di cerchio. Porta in braccio un piccolo bambino sporco e mezzo nudo, al quale canticchia una nenia, tenuto da una fascia che lo circonda sulla schiena.

Dalla stanza accanto osservo mia madre ormai priva di ogni minimo buon senso, distendere una coperta sul pavimento della sua camera da letto. La zingara colloca il bambino al centro della coperta e fa sedere mia madre al suo fianco.

Inizia il rituale: un miscuglio di preghiere e invocazioni pagane. La signora cosparge la stanza di sale e si fa portare spicchi d'aglio e altri intrugli che fa bere a mia madre e in un fazzoletto mette degli spilli. Accende delle candele e a occhi chiusi muove le braccia con gesti ampi e sinuosi.

Guardandola intensamente negli occhi la zingara dice: – *La tua casa ha il malocchio* – afferma con apparente certezza. La sua voce è biascicata e dall'italiano incerto. Poi continua: – *Opera di parenti invidiosi. Lo spirito maligno causa malattia e deve essere allontanato di notte andando a seppellirlo fuori dal paese* – conclude sicura.

Inutilmente cerco d'intervenire, di svegliare una donna timorata che sembra aver subito un'ipnosi. Tanto più che la zingara non esita a spaventarla, proferendo le più terribili sventure e le peggiori maledizioni: – *La fattura si trova in un cesto appeso nel magazzino, per toglierla mi servono dei soldi che però ritroverai domani sotto il cuscino* – aggiunge con naturalezza.

Preoccupata, mia madre risponde con un sottile filo di voce: – *Ma io non ho soldi.*

– *Cerca nelle tasche di tuo marito, qualcosa troverai.*

Il denaro, come da logica, si trova proprio nella tasca della giacca di mio padre e mia madre, superstiziosa e credulona si convince della credibilità della zingara che incalza: – *Dobbiamo creare un collegamento con il Signore. Devi trovare altri soldi. Cerca sotto il materasso, nell'armadio, ovunque.*

La povera donna naturalmente cerca dappertutto fino a quando non trova altre monete.

Ho il terrore di scoprire la reazione che avrà mio padre quando lo verrà a sapere.

La sera fa ritorno dai campi e mia madre tenendo il capo chino per evitare il suo sguardo, comincia a raccontargli l'accaduto: non è cosa che si possa nascondere.

Comincio a tremare aspettando l'inevitabile. Mi rannicchio nel mio angolo in preda al panico. La fisionomia del volto di mio padre muta in un istante. La mascella si contrae, serra le labbra fino a farle divenire sottili, digrigna i denti e aggrotta la fronte socchiudendo gli occhi, pronto a sferrare un manrovescio.

Ma alle parole: – *L'idea è stata di Maria e Giala, la moglie di Nazareno* – balbettate da mia madre come ultima difesa, il volto di mio padre si rilassa, riprende sembianze umane e la bestialità scompare di colpo. Nella sua mente il ragionamento è stato che se lo hanno suggerito 'gli altri' mia madre ha fatto bene a non esimersi. L'apparenza innanzitutto. Così per questa volta in extremis mia madre si salva dalle percosse.

Inutile dire che il giorno seguente mettendo a soqquadro il magazzino, i cuscini e tutta la casa, non trova un bel niente, né la fattura né tantomeno i soldi.

Capitolo 15
Un altro miracolo

Questa mattina il dottor Arcadi è passato a trovarmi come di consueto. Nota che il mio volto ha un insolito colore giallastro e mi visita in maniera accurata. Fa tutti i controlli necessari ma quando mi palpa l'addome, trova la causa del mio malessere. Il suo viso è seriamente preoccupato, scuote la testa e intima ai miei genitori il ricovero immediato. Per alleviare la mia sofferenza dovuta al mio ultimo emartro, ho premuto con troppa forza sul mio bacino per lenire il dolore e con la pressione esercitata ho creato un'emorragia interna. Le mie emorragie continue lasciano presupporre che la mia vita sarà breve.

In ospedale mi fanno invano continue trasfusioni di sangue. Nell'arco della mia breve vita vissuta fino a questo momento, è la seconda volta che senza alcuno sconto di pena, mi ritrovo faccia a faccia con la morte. Mi danno per spacciato. Ormai conosco questa sensazione, sono rassegnato all'inevitabile. In un attimo vedo spazzata via ogni possibilità di futuro.

Durante questo ennesimo calvario, ricoverano un paesano nel letto a fianco al mio, il quale perde la vita sotto i miei occhi di ragazzo.

Trascorrono i minuti e le ore, una dietro l'altra, tutte uguali e l'unica persona che mi da conforto è Maria, l'infermiera dagli occhi tristi. Lei si siede al mio capezzale e mi coccola sapendo cosa mi attende. Talvolta, quando si alza e va verso la finestra, la sorprendo in lacrime.

Questa mattina ci siamo. È arrivato il momento. Sento che le forze mi abbandonano. Nel mio cuore innocente attendo la morte come una liberazione anche se il mio attaccamento alla vita è forte. Prego e attendo. Sono al limite, fra poco accadrà. Non ho pensieri questa volta, lascio solo che accadano gli eventi. Mi lascio andare e perdo i sensi.

Poi il buio.

Non c'è più suono, non c'è più luce, non c'è più tempo. Lo spazio che intercorre fra il mio ultimo ricordo e l'adesso è come una nuvola inconsistente.

Chissà se sono in paradiso o all'inferno? Sto troppo bene per essere all'inferno. Mi sento benissimo ma non ho il coraggio di aprire gli occhi. Cosa mi aspetta? Vedrò gli angeli?

Apro prima un occhio e poi l'altro e vedo una donna vestita di bianco che mi da le spalle. Si volta ed è Maria l'infermiera che con un sorriso mi guarda e dice: – *Bravo Francesco, anche questa volta te la sei cavata.*

Grazie a una staffetta dei carabinieri, inaspettatamente, il plasma che serve a bloccare l'emorragia è arrivato in tempo utile da Milano.

Mi hanno fatto subito la trasfusione che ha arrestato finalmente l'emorragia che mi stava consumando.

Un altro miracolo è compiuto o almeno io lo ritengo tale.

Capitolo 16
A Cocca

Tempo addietro chiedevo sempre al nonno com'è la campagna e lui questa mattina ha deciso di portarmi con sé a Cocca, il suo piccolo pezzo di terra.

Io non sono molto avvezzo a queste uscite, non ho mai occasione di passeggiare o di ammirare le bellezze della natura. Per me, andare in campagna è una festa, perché ci vanno tutti e finalmente oggi è il mio turno. Felice, cavalco l'asinello, mentre il nonno lo conduce per la briglia. Io, seduto a cavalcioni, osservo le distese di verde che sembrano immense, gli alberi di ulivo e i dolci pendii che declinano in scoscese molto profonde. Sono rapito dal paesaggio che mi circonda. Il nonno coglie qualche rametto di suda e me la offre: – *Tieni, sgranocchia.*

Assaporo la suda, sento il canto degli uccelli e delle cicale, vedo i fiori appena sbocciati nei prati e annuso il profumo dell'erba appena tagliata, diverso a ogni curva del nostro sentiero e per la prima volta, tutti i miei sensi sono saturati da tanta bellezza. Ho sempre amato la natura ma mai come in questo momento ne sono tanto consapevole. Ringrazio il Signore per questo spettacolo e desidero non finisca mai.

Il nonno mi dice di tenermi stretto alla sella e l'asinello, trotterellando allegramente, si sta allontanando dal paese. La nostra destinazione non è troppo lontana, dobbiamo percorrere poco meno di due chilometri. Il terreno appartiene a lui e cura l'orticello con infinita amorevolezza, quasi come una creatura vivente.

Per me non è un bel periodo, la malattia mi assilla, ma oggi mi sento bene.

Non appena usciamo dal paese vedo una sorgente naturale e al suo fianco la vasca per raccogliere l'acqua. Ce ne sono parecchie nel paese e vengono utilizzate per l'abbeveraggio degli animali: pecore, asini, mucche e per chiunque ne abbia necessità.

L'asinello si disseta, io scendo e il nonno mi aiuta a bere l'acqua fresca. Ci aspetta una breve salita e cammin facendo mi mostra con orgoglio le sue pianticelle. Mi spiega che gli sono costate un gran sacrificio perché il terreno è disposto a terrazze e per poterle annaffiare ha dovuto necessariamente recarsi alla sorgente con un recipiente e percorrere il tratto di strada in salita per diverse volte. La soddisfazione nei suoi occhi per quelle creature mi ha fatto comprendere che ogni sforzo da lui compiuto è stato ampiamente ripagato.

Poco più in alto arriviamo davanti a una capanna fatta di paglia e frasche. Se ne vedono spesso e sono state costruite dai contadini per ripararsi dal maltempo. Sono contentissimo, non sto più nella pelle dalla gioia, apro la porta ed è bellissima. In realtà, all'interno non c'è nulla ma la novità mi ha reso euforico.

Lui con orgoglio mi mostra i grandi alberi di ulivo che ha coltivato e mi spiega con ardore le varie fasi della loro coltivazione. Lo ascolto con attenzione ma una formazione dura dietro la gamba mi distrae. Mi fa male e l'ematoma che comincia a formarsi sembra dapprima una piccola nocciolina ma come da prassi, inizierà a estendersi con una rapidità impressionante. La cavalcata con l'asinello, a causa dei piccoli urti ha generato un versamento di sangue all'altezza della coscia. Informo il nonno e nei suoi occhi vedo un'insolita preoccupazione. Povero nonno, si sente in colpa. Per tutto il tragitto continua a ripetermi di stare attento, ma per quanto io lo sia, non serve. La festa finisce qua. Come sempre del resto.

Non salgo più sull'asinello. Avvilito e con la morte nel cuore il nonno mi porta in braccio per tutta la strada del ritorno.

Capitolo 17
La grande conquista

All'età di dodici anni tutti i bambini del paese fanno la prima comunione.

Si tratta di un evento importante per la comunità e mia madre prima ancora di informarmi che avrei dovuto farla anch'io, ha acquistato l'abito per la cerimonia.

Oggi è una bella giornata e sto pensando di uscire nel vicolo a vedere le persone e a godere del tepore di qualche raggio di sole. Mia madre indaffarata in cucina mi chiama: – *Fra'* – dice guardandomi negli occhi con aria severa – *devi fare la prima comunione, la fanno tutti alla tua età e devi farla anche tu* – dice con un tono che non tollera proteste. – *Ti ho già comprato il vestito, le scarpe e il cravattino* – esclama entusiasta.

I preparativi per la festa sono pari a quelli di un matrimonio in grande stile e lei come di consueto vuole fare bella figura con la gente del paese.

Io nel frattempo, quando il mio fisico lo permette, vado alla dottrina, ovvero il catechismo. Il pomeriggio, la signora Giovannina, con gli occhiali poggiati sul naso, piccola, smunta e con i capelli argentati, ci insegna la parola del Signore. La signora non ha mai avuto marito né figli e dedica la sua vita a preparare i ragazzi ai sacramenti. A causa dei miei problemi, non frequento molte lezioni, ma quelle poche sono sufficienti per essere selezionato per il concorso all'arcivescovato. Ho vinto, sono arrivato primo con un tema sulla fede cristiana.

Ogni giorno che passa, la felicità per la festa imminente regredisce, lasciando spazio al timore di non farcela. Non si tratta del semplice rito in chiesa ma di una vera e propria processione. Tre per l'esattezza. Io che non sono mai andato oltre via Spirito Santo, non immagino nemmeno come potrò camminare per tutto quel tragitto.

Talvolta vado a fare qualche commissione per mia madre da Donna Concetta, nel negozio nella piazza della chiesa Matrice, adiacente a via Spirito Santo, ma nulla di più. Acquisto un po' di pasta oppure del riso, poche cose a dire il vero, perché le famiglie stoccano le loro riserve alimentari nel magazzino di casa. Le persone producono autonomamente la maggior parte del fabbisogno annuale per la famiglia, non è quindi necessario acquistare molti prodotti, giusto il minimo indispensabile.

Sul banco è poggiata la stadera con i pesi laterali e i cibi acquistati vengono avvolti in fogli di carta marrone.

Il profumo dei sapori del negozio di Donna Concetta è indescrivibile. I recipienti, per lo più in vetro, contengono cibi di ogni sorta: paste di fogge diverse, aromi e spezie. Il negozio è situato nel piccolo spazio di una stanza di quattro metri per quattro che contiene tutti i colori e gli odori della mia infanzia, quelli che a sentirli da adulto ti riportano indietro a quando eri bambino, un viaggio a ritroso in un tempo felice.

Per me è un paradiso in terra e ogni volta che mi è possibile, con la scusa di sbrigare piccole commissioni per mia madre, corro da Donna Concetta per assaporare i profumi inebrianti dei cibi.

In questo periodo la caviglia si gonfia a tal punto da non potermi permettere nemmeno di poggiarla a terra. Mi hanno dato un balsamo antidolorifico, che non cura la malattia ma allevia leggermente il dolore. Ho consumato tubetti interi con la convinzione che mi avrebbe curato, ma il solo effetto che ha sortito è stato quello di rendermi insensibile la parte dolorante. Cerco di non sforzare la caviglia camminando il minimo indispensabile, perché fatti pochi passi, s'ingrossa a dismisura. Mi chiedo come farò a camminare durante la processione, sono seriamente preoccupato e non ho il coraggio di deludere mia madre. Lei non accetta questa situazione né si preoccupa nel vedermi dolorante, è troppo occupata con i suoi preparativi e in ogni caso io maschero bene il dolore non lasciando intendere nulla.

Sono combattuto, il dilemma mi devasta. Se da una parte non voglio contrariare i miei genitori, dall'altra mi trovo di fronte a una contingenza dove le probabilità di riuscita sono pressoché nulle.

Più passano i giorni e più la mia condizione peggiora.

Il giorno della prima comunione si avvicina. Cerco disperatamente una soluzione ma non la trovo, fino a che, immerso nel più totale sconforto, ho un'intuizione.

Decido di chiedere aiuto ai Santi Cosimo e Damiano.

Nelle prime ore del pomeriggio la chiesa è deserta. Entro e mi avvicino alle statue dei santi e rivolgendomi a loro bisbiglio: – *San Cosimo e San Damiano, come devo fare per fare questa comunione? So che devo farla, ma so che non riuscirò. Per favore aiutatemi voi!* – esclamo implorante.

Una supplica fatta in piena regola, con tutta l'innocenza possibile, come soltanto un bimbo può fare.

Oggi è il giorno fatidico. Mia madre mi veste di tutto punto. È frenetica nei suoi preparativi, instancabile e agitata.

Arriviamo prima dalle suore, poi in chiesa per la messa. Vedo suor Anna che ho conosciuto nell'unica settimana di asilo che sono riuscito a frequentare. Pur avendo trascorso pochi giorni con lei, mi è rimasta nel cuore. Ricordo la sensazione di protezione e amore che riusciva a infondermi. All'asilo mi ha insegnato a utilizzare la plastilina e nel breve lasso di tempo nel quale ci siamo frequentati lei mi è stata accanto, non mi ha mai lasciato solo ed è stata sempre dolce e amorevole.

Con mia sorpresa la ritrovo oggi, intenta a smistare i bambini nei banchi della chiesa e quando mi vede le brillano gli occhi – *Ciao Francesco, come stai?* – dice guardando verso di me. Io rispondo con un cenno di assenso e mi incammino verso le prime file dalla parte dei maschi. Siamo vestiti all'incirca tutti alla stessa maniera: completino con giacca e pantaloni blu e un cravattino bianco. Alla nostra destra nella fila opposta ci sono le bambine, abbigliate come piccole spose. Le verginelle, così le chiamano, sono vestite di bianco, con una coroncina di fiori sulla testa.

Sul finire della messa, il sacerdote ci chiama e ci incolonniamo per ricevere l'ostia consacrata. Quando è il mio turno, vengo colto da un'emozione fortissima e mentre torno al mio posto, tento con la lingua di staccare il residuo d'ostia rimasta attaccata al palato. Nel fare tale operazione tengo le mani giunte e la testa china, tanto che non vedo il pomello del pulpito che la mia testa colpisce in pieno.

Un urto che avrebbe steso un cavallo. Preoccupato penso: – *Adesso mi esce il sangue e si formerà un grosso ematoma* – e mi siedo sconsolato in attesa che accada. Ma il sangue non esce. Nemmeno il bernoccolo. Sono stato graziato e la mia gioia in questo momento è incontenibile. Capisco che la mia preghiera ai santi è stata ascoltata.

Formiamo due file e ci dirigiamo verso l'uscita. Nonna Rosa viene a salutarmi, la mia nonna materna, e con un lampo di orgoglio negli occhi bofonchia qualcosa che non capisco, mi fa una carezza e se ne va. È molto cattolica e praticante e la sua casa è piena zeppa di crocifissi e immagini di santi.

Pian piano comincio a tremare, ho una crisi di panico ma riesco a celarla. Sono terrorizzato dal fatto che da un momento all'altro mi possa cedere il ginocchio o la caviglia. La mia preoccupazione non è quella di stare male, a quello sono abituato, ma di fare brutta figura davanti a tutti e di essere considerato un inetto. Non è proprio mia intenzione. Penso a quanto potrei deludere mia madre, penso al sarcasmo che dovrei subire da parte di mio padre. È come se il mondo mi crollasse addosso. Il fatto di star male è l'ultimo dei miei pensieri, non m'importa. Alla sofferenza sono avvezzo, ma il fatto di dover mostrare a tutti la mia malattia non è per me tollerabile.

Se arrivasse quel dolore che mi blocca completamente, basterebbero pochi minuti e mi dovrei fermare, perché non sarei più in grado di proseguire. Ma ancora non avverto alcun dolore, e mi metto in fila con gli altri.

Ci porgono un giglio bianco da tenere in mano, una medaglietta con l'effige di un santo da appuntare al petto e una fascia bianca da mettere al braccio.

Sulle note della banda musicale usciamo nella piazza piena di paesani. Non ho mai visto tante persone insieme: comare Maria, comare Oneglia, Betta.

Tutto il paese si è riunito e ci sta osservando. Con lo sguardo cerco mio padre fra la folla, ma non lo vedo. Questa mattina non si è fatto vedere, si è alzato prima di me ed è uscito di casa. Nessun augurio, nessuna parola d'incoraggiamento né un benché minimo segno d'affetto.

Nel frattempo osservo incantato i preparativi per la processione. Dai balconi delle case vicine scendono i petali di rosa come la fantastica pioggia di una fiaba. La banda suona e tutto sembra irreale. Mi lascio trasportare dalla musica distraendomi dai miei problemi.

Fra la folla finalmente scorgo mio padre, ma non guarda mai nella mia direzione. È vestito a festa e scherza con gli amici.

La banda cambia musica e ci avviamo verso la prima via adiacente alla piazza per salire su via Spirito Santo. I muri ai lati della strada sono ornati da grandi arazzi colorati, rossi e verdi e la pioggia di petali continua a scendere su di noi. Il profumo intenso delle ginestre e dell'incenso è inebriante e io cammino lentamente in salita, seguendo la processione.

Riesco a distinguere la voce di mia madre che canta nel coro l'inno di rito: – "*O che giorno beato il ciel ci ha dato, o che giorno beato, viva Gesù, viva Gesù.*"

Giunti alla mia via, ci sono proprio tutti. Comare Carolina, quando mi vede non riesce a trattenere le lacrime e si commuove. Annuisce con il capo e mi saluta con il fazzoletto in mano. Alzo gli occhi e vedo nonna Mela affacciata al balcone. Riservata come sua abitudine, non ama confondersi fra la folla, non per superbia ma per modestia. La saluto e mi sento come un eroe che torna dalla guerra. Lei risponde mandandomi un'infinità di baci con la mano.

Al termine della salita, penso che forse sia meglio fermarmi qui. La mia via l'ho percorsa e tutti mi hanno visto. Probabilmente è consigliabile non andare avanti, ma mentre penso le mie gambe procedono e senza accorgermene entro nel tunnel che mette in comunicazione palazzo Alvaro con la chiesa, nel quale non c'è alcuna possibilità di fermarmi e arrivo fino alla Torretta. Percorriamo via Milano a me sconosciuta, dove è posizionato un piccolo altare. È la prima tappa della processione. Le persone recitano una novena e il prete dà loro la benedizione.

Dopo una breve sosta procediamo fino a giungere a piazza del Ponte, gremita dalla stessa folla che dalla piazza della chiesa si è spostata per vedere meglio la processione.

Non ho mai fatto così tanti passi uno dietro l'altro e il mio stupore è proporzionale alla mia resistenza. Le mie gambe dovrebbero essere rigide a causa della prolungata inattività e invece sto bene. La musica della banda suona dando ritmo ai miei passi e nemmeno le strade lastricate da pietre irregolari m'impediscono di proseguire. Le mie caviglie sono gonfie e se inciampassi o mettessi male il piede si piegherebbero.

Potrebbe capitare a chiunque dopotutto, ma a me a maggior ragione, poiché oltre al disagio fisico, cammino nelle vie che non conosco e il percorso fatto di dislivelli e strade impervie è piuttosto accidentato. Nonostante tutto non provo dolore: è come se vivessi in un sogno.

Damiano, il mio amico del vicinato, rimane accanto a me per tutta la processione e, conoscendo parzialmente la mia situazione, mi tiene d'occhio. È un ragazzo molto attento rispetto agli altri, il genere di persona con un altruismo innato, perspicace e intelligente, ragione per la quale abbiamo legato subito.

Giunti in via Roma che collega piazza del Ponte alla chiesa Matrice, scendiamo verso il centro storico del paese e dopo una breve discesa arriviamo nella via del Mercato. La processione, a parte noi bambini è formata per lo più da donne e ragazze. Gli uomini stanno in disparte chiacchierando e ridendo fra loro. I ragazzi osservano attentamente le signorine che sfilano, non mancando di fare apprezzamenti sulla loro beltà.

Con il passare del tempo la mia angoscia si dilegua completamente e riesco a godermi la festa, i profumi e le persone sorridenti affacciate ai balconi. Provo un forte senso di appartenenza ed è forse la prima volta nella mia vita dove mi sento parte di qualcosa.

Dopo aver percorso innumerevoli viuzze scoscese e altrettante irte salite, arriviamo all'ultimo altarino e dalla via Carmine torniamo alla piazza principale dalla quale siamo partiti e qui finisce la processione. Abbiamo, anzi ho fatto il giro di tutto il paese. Ci sono riuscito. Non mi sento più inadeguato, incapace di fare anche le cose più semplici. Un altro miracolo si è compiuto e le mie preghiere ai santi sono state esaudite. La mia soddisfazione oggi ha raggiunto il culmine.

Torno a casa felice come non mai, sperando finalmente di riposare un poco, ma mia madre non si preoccupa e non pensa alla fatica che ho dovuto sopportare o al fatto che non stia bene. Dobbiamo fare bella figura con la gente.

Ha preparato un cesto di bomboniere che devo consegnare personalmente ai parenti più stretti e chiede a Damiano di aiutarmi. Mi reco quindi dai parenti, con uno sforzo immane, e uno alla volta consegno loro il sacchetto dei confetti. Quando finisco, ringrazio i santi: – *Grazie San Cosimo e San Damiano per avermi dato la forza necessaria. Grazie per questo miracolo.*

È stato soltanto grazie a loro che sono riuscito in questa ardua impresa? Non lo so, ma oggi ci credo.

Nei giorni seguenti ci sono state altre due processioni identiche alla prima. Io sono riuscito a farne soltanto una, ma per me è stata comunque una grande conquista. Ero sicuro che l'avrei pagata, infatti una volta finito tutto, sopraggiunse il dolore, ma ero talmente felice che lo accettai serenamente: – *Vieni pure* – dissi rivolgendomi a un'entità ignota – *vieni pure dolore, ora non ha più importanza* – affermai con convinzione.

Ho accolto il mio tormento con serenità, come un amico che mi ha fatto il favore più grande.

Capitolo 18
La partita di pallone

Ho dormito per tre giorni, di tanto in tanto mi sono svegliato ma solo per mangiare qualcosa e per fare i bisogni. Troppe sono state le notti insonni per il dolore. Un emartro al ginocchio destro mi ha tormentato per più di un mese. È accaduto per uno dei miei tanti capricci: ho voluto partecipare a 'chi arriva primo', facendo una corsa con i miei amici. Si partiva dalla barberia di Pietro e del discepolo Peppe Lazzaro fino alla scalinata della chiesa. Di solito non partecipo a queste gare, resto con Beppe a parlare dell'Inter e del mio idolo, Mazzola. Quel giorno non mi sono accontentato di guardare gli altri, volevo sentirmi uguale a loro, magari vincere la corsa per poi andare a raccontarlo a nonna Mela. Purtroppo a metà salita il piede, non poggiando bene sulla strada in pietra, non rispondeva più e ho sentito il ginocchio cedere.

Ora non ci voglio più pensare, ormai è passato e mi sento meglio. Oggi voglio alzarmi dal letto, mettermi i pantaloni marroni con le bretelle azzurre, quelli rammendati con le toppe rosse sulle ginocchia e sul sedere, mangiare la mia suppa[9] di latte e uscire. Mia madre è già uscita e mi ha lasciato una tazza

9 *suppa:* zuppa.

di latte ormai freddo e una fetta di pane duro che devo sbriciolare. Non riesco a piegare bene i gomiti, quindi mi lavo le mani e il viso come posso, usando il lavamano poggiato sul trespolo in ferro e l'acqua sempre fresca della *cortara* in terracotta.

Sono ormai le otto e trentadue e come prima cosa faccio una sorpresa a nonna Mela. Lei a quest'ora è sola, intenta nei suoi lavori domestici. Mio nonno sicuramente è andato a Cocca a curare l'orticello. Metto il piede sul primo gradino della scala in legno, cercando di non fare rumore e, come una lucertola che vuole avvicinarsi alla preda, mi muovo silenzioso su per la scala. L'impresa di non farmi sentire riesce pienamente e vedo nonna Mela che si sta pettinando facendo una lunga treccia che raccoglie a *tuppo*[10], fissandola con i fermacapelli. Alla fine pulisce il pettine con l'asciugamano che ha sulle spalle e raccoglie tutto in una busta della pasta. Quando il capillaro farà il suo solito giro per il paese, la nonna baratterà i capelli con qualche piccolo oggetto.

Nonna Mela si volta, mi vede e sobbalza: – *Figlio tu qua stai, ti è guarito il ginocchio?* – mi dice venendo velocemente verso di me e porgendomi la mano per aiutarmi a salire gli ultimi gradini. Nei suoi occhi, tristi come quelli di un cucciolo, vedo brillare una luce e capisco quanto quella donna mi voglia bene – *Siediti qua* – mi dice porgendomi la sua piccola sedia impagliata che usa per sedersi accanto al focolare. Nel sedermi penso a come possa un adulto sedersi su una sedia così piccola, ma poi guardo la nonna e mi rendo conto che in fondo non è molto più alta di me.

Lascio a malincuore la nonna, anche se con lei avrei voluto passare tutta la giornata, e scendo nella strada. Seduti sulle grosse pietre della mia scala ci sono le quattro vecchiette, amiche inseparabili, che tra un lavoretto e l'altro parlano della loro vita vissuta e di quanto è pesante la vecchiaia. Nel vedermi passare di lato per non disturbare, comare Betta esclama: –

10 *tuppo*: crocchia o chignon.

Ah Franco, come state? – a lei fa eco comare Maddalena: – *Fai attenzione Francesco, non andare con gli altri ragazzi, quelli ce l'hanno la salute!* – dice con una punta di compassione.

Infine la comare Assunta e Mastrangela aggiungono: – *Prima il fratello e adesso lui, poveri ragazzi.*

Le parole delle persone sono affettuose e percepisco la loro preoccupazione, tuttavia mi irritano perché mi fanno sentire l'enorme distacco che c'è fra me e loro, la commiserazione degli altri mi fa sentire diverso.

Non potendo giocare a pallone, quando mi è possibile, vado in chiesa e servo messa come chierichetto. In questo periodo, stanno facendo dei lavori di ristrutturazione alla chiesa Matrice. Per la messa si utilizza la chiesa dello Spirito Santo proprio di fronte a casa mia, ragione per la quale la frequento spesso.

Assisto la messa seguendo un rituale ben preciso: porgo il vino a Don Peppino e ogni volta che si alza, suono la campanella. Talvolta faccio ondeggiare il turibolo, diffondendo un intenso profumo d'incenso.

Don Peppino mi rende felice con la sua amicizia, è per me una figura familiare, quella stessa figura che ho visto per la prima volta quando stavo per morire.

Per strada incontro 'Ntoni'. Mia madre, come spesso fa con quasi tutti vicini, l'altro ieri ha litigato con sua nonna. Mi chiede se voglio scambiare figurine dei calciatori e a me ne mancano davvero poche. Lui guarda i miei doppioni e dice: – *Questa ce l'ho, questa pure, di questa ne ho due, se vuoi la figurina di Mazzola devi darmi tutto l'album* – ci penso un attimo e poi rispondo: – *Ma sì, a me lui serve.*

Nel portarsi via la mia raccolta, si gira e insulta mia madre e io accecato dalla rabbia rispondo per le rime. 'Ntoni raccoglie un sasso e lo scaglia contro di me, poi un altro e un altro ancora. Li sento fischiare sopra le mie orecchie e sarebbe sufficiente che uno solo mi colpisse per far accadere l'irreparabile. Cerco di rispondere ma con le mie braccia dolenti c'è poco da fare. Per fortuna non succede nulla. Con la sola forza della disperazione però riesco a colpirlo mettendolo in fuga.

Nel vicolo accanto al mio, proprio nel punto dove poco tempo prima qualcuno inavvertitamente mi ha fatto la doccia con un vaso di urina, incontro dei ragazzi che non ho mai visto che provengono da altri rioni del paese. Con loro c'è il mio amico Damiano che invece conosco bene perché spesso sale a casa mia per vedere insieme a me i film di Bonanza, Rin Tin Tin e ad ascoltare alla radio le partite dell'Inter trasmesse da Nicolò Carosio. Lui ha la mia stessa età e come me ama l'avventura. Gioca spesso a fare lo sceriffo e si appunta sul petto una stella che lui stesso si è forgiato recuperandola da una lattina.

I quattro ragazzi hanno in mano qualcosa di ovale che somiglia a una palla. Uno di loro esulta: – *Abbiamo trovato il sesto per giocare* – ma il mio amico sommessamente risponde: – *No, voi e io siamo cinque, Francesco non può giocare.*

Queste parole feriscono il mio orgoglio e ribatto – *Non posso giocare in attacco, però in porta posso* – rispondo d'impulso senza riflettere, pentendomi immediatamente delle mie parole. In cuor mio, speravo che cambiassero idea o che qualcuno di loro sarebbe dovuto andar via con urgenza. Invece, ormai era deciso. Con un entusiasmo incalzante ci portiamo nell'unico piazzale utile per giocare, quello della Torretta.

Mentre gli altri decidono come comporre i due terzetti, dico a me stesso: – *Non tirare calci alla palla, altrimenti il ginocchio parte subito e soprattutto non buttarti per terra, sarebbe la tua fine. Devi solo sperare che la palla ti arrivi tra le mani.*

Con me giocano i due più bravi: Damiano e Tonino. La palla ce l'hanno sempre loro e nel vederli allontanarsi da me e dalle due pietre che delimitano la mia porta, mi sento sollevato.

Trascorrono pochi minuti e la palla continua a essere distante dalla mia porta. Cresce la speranza, forse questa volta posso uscirne illeso. Senza alcun preavviso la palla di cuoio si stampa con violenza inaudita sul mio bicipite. Damiano mi fa un cenno di approvazione, ma il mio braccio sinistro è di parere contrario. Il braccio non risponde e sento le fitte che bruciano. Si gonfia immediatamente, sebbene sia ben poca cosa rispetto a quanto vedrò tra qualche ora e anche a ciò che mi attenderà nei giorni successivi, è però sufficiente a spaventare un ragazzino alle prime esperienze.

Mi blocco di colpo e fingo di raccogliere qualcosa da terra ma in realtà non c'è niente e per rendere la cosa credibile, prendo dalla tasca la mia trottolina fatta da un fuso, regalatomi dalla comare Maddalena.

Raccolgo tutto il fiato che ho in corpo e grido: – *Devo andare, ho dimenticato di fare una cosa* i quattro ragazzi, chi più e chi meno, mi mandano a quel paese. Solo Damiano capisce e me lo dirà domani quando verrà a trovarmi.

Mentre armeggio con la trottola, con la coda dell'occhio guardo i miei amici e quando decidono di andare a fare una capanna di foglie, tiro un sospiro di sollievo. Mi avvio subito verso casa. Il braccio è ormai completamente moscio.

Nel tragitto di ritorno mi siedo sul davanzale della bassa finestrella della signora Onelia per non dare nell'occhio e per non far capire a tutti che sono solo un ammalato, come dice sempre mio padre. Cerco di tornare a casa. Sono passati diversi minuti e ormai il braccio è molto dolente e si sta gonfiando a vista d'occhio. Nonostante la mia tenacia nel sollevarmi dal gradino, non ci riesco e non faccio altro che peggiorare la situazione. Tengo il braccio offeso con la mano sana e, mentre mi rimprovero per la mia stupidità, vedo un'ombra sulla mia gamba. Alzo lo sguardo e vedo Beppe – *Dai Fra', ti porto a casa* – e strizzando l'occhio mi solleva e mi prende sulle spalle.

Di colpo la mia bella giornata, come tutte le altre, finisce male.

Diversi giorni più tardi Damiano viene a farmi visita. Mi trova con un braccio nero ed enorme, gonfio al punto che il dottore armeggiando con i suoi strumenti, pratica un piccolo intervento, con il risultato che sul mio braccio c'è una specie di cratere nel quale si può vedere persino l'osso.

È la sua ultima visita, anche Damiano emigra al nord, a Torino, per raggiungere il resto della famiglia. Altri ragazzi sono partiti per Roma e molti per Milano. Dovevo essere il primo a partire e, ironia della sorte, rimango solo in una via ormai vuota ad ascoltare la mia inseparabile radiolina.

"Milano mia portami via... Luci a San Siro non ne accenderanno più."

Sulle note della canzone di Roberto Vecchioni piango tutte le mie lacrime.

Capitolo 19
Fratelli di sangue

A Riace giunge in pellegrinaggio una famiglia di Mongiana, un paese sulla Sila, per compiere un voto ai santi. Di cinque figli, l'ultimo, Gaetano, è affetto da emofilia.

Il tabacchino del paese è gestito da mio cugino Mimì, il quale, parlando con il padre del ragazzo, lo informa della mia situazione dicendogli che in questo periodo non sono in grado di camminare. La madre di Gaetano, la signora Maria, a queste parole si allarma e desidera conoscermi a tutti i costi e insiste per conoscere anche i miei genitori.

Quando ho visto la signora sulla quarantina, vestita di tutto punto, ho pensato che si trattasse di una parente proveniente dagli Stati Uniti. Mimì la porta a casa mia e me la presenta. La signora mi fa conoscere Gaetano che ha all'incirca la mia stessa età e cammina abbastanza bene. Nel vederlo così in salute mi rincuoro. Appare in buone condizioni e lo invidio un poco.

La signora Maria parla con me a lungo, dandomi suggerimenti su come affrontare la patologia e mi dice: – *Tu non devi stare qua, devi andare a Pavia e farti curare. Devo parlare con tua mamma.*

Mia madre ovviamente non è in casa, ma la signora rimane

fino a sera ad aspettarla, per poterle parlare. Sensibile alla malattia del figlio, mi ha preso a cuore e desidera aiutarmi.

Riesce a incontrare i miei genitori e dice loro: – *Dovete promettermi che porterete questo ragazzo a Pavia, c'*è un centro specializzato per gli emofilici.

Si tratta dell'ospedale San Matteo, uno dei centri più all'avanguardia in tutta Italia.

I miei genitori, di fronte all'accorata richiesta della signora e alla presenza del nipote Mimì, non fanno una piega e acconsentono.

Il San Matteo di Pavia è l'ospedale più grande che abbia mai visto e provano a fare il secondo tentativo per rimettermi in piedi. La speranza è l'ultima a morire e io ho una volontà di ferro, per me nulla è definitivo.

Per diversi mesi sono costretto a rimanere immobilizzato in posizione supina con sacchetti di sabbia ancorati alle gambe.

Come all'ospedale di Roma anche a Pavia rimango solo. I miei genitori non vengono mai. Talvolta viene Violante con i suoi figli, il mio vicino di casa che nel frattempo si è trasferito a Cusano Milanino. Mi portano il cambio pulito ogni quindici giorni e per le altre cose mi aggiusto da solo.

Imparo presto a essere autonomo, ma la cosa non mi dispiace.

Le infermiere del mio reparto sono tutte donne, spesso giovanissime e il mio primo giorno di ricovero, costretto a letto, ho avuto a un certo punto la necessità di urinare.

Non potevo certo alzarmi e strisciare come facevo a casa, allora ho atteso nella speranza che passasse qualche infermiere di sesso maschile per chiedergli il pappagallo. Ho indugiato fino all'ultimo turno serale, ma quando mi sono reso conto che la mia attesa era vana, ho raccolto tutto il mio coraggio e ho chiamato un'infermiera.

Ero paonazzo e le parole non mi uscivano dalla bocca. Per me era la prima volta che dovevo chiedere una cosa simile a una persona del sesso opposto e per giunta così giovane, quindi con un filo di voce le ho detto: – *Devo fare pipì.*

L'infermiera ha sorriso discretamente e mi ha portato il pappagallo, purtroppo è accaduto esattamente ciò che più avevo temuto: avevo aspettato troppo, quindi ho riempito il pappagallo e l'urina è fuoriuscita bagnando il letto.

Accanto al mio letto è ricoverato Nicola, un giovane pugliese alquanto irascibile e intollerante. Non sopporta il vociare delle persone presenti nella stanza, è infastidito dalla mia radiolina, non gli piace il cibo, insomma è la classica persona attaccabrighe. Ha sempre da ridire con tutti e su tutto e spesso litiga per un nonnulla.

Il più anziano di noi è un silenzioso imprenditore bolognese, ci guarda tutti con circospezione e sfoggia un sorriso benevolo. Il bimbo fiorentino con la scacchiera è molto più piccolo di me. Ha all'incirca otto anni e chiede sempre a tutti di giocare a scacchi, nessuno purtroppo ne è capace, allora si accontenta di giocare a dama.

Marco è un altro emofilico, molto riservato: scrive, legge, ascolta musica. Tutti i pomeriggi lo vengono a trovare la madre, la sorella e spesso anche il papà. È tanto amato quel bimbo e io non posso fare a meno d'invidiarlo.

De Gregorio è invece un purosangue milanese, con il classico accento lombardo e parla nel suo dialetto, e poi c'è Morandi della provincia di Pavia, il più allegro del gruppo, ha una gamba molto più magra dell'altra a causa di un tumore che ignora di avere e spesso soffre di dolori atroci. Durante le crisi salta sul letto e piega le gambe, poggia il mento su di esse e le abbraccia stringendole con forza. Non urla, ma dal suo pallore improvviso capisco quanto possa essere forte il suo dolore. Passata la crisi, ritorna a essere allegro.

Lo stanzone è composto da ragazzini e adulti, non esiste un reparto di pediatria specifico per la mia malattia.

Oggi, dopo diverse settimane, mi hanno liberato dai pesi.

Ancora non va molto bene, ma non mi arrendo e con grande determinazione continuo a esercitarmi da solo. Sono in grado di camminare, quindi la sera, nel bagno riservato alla stanza, mi lavo mutande e calzini. Sono indumenti che non voglio dare a nessuno, mi vergognerei troppo. Cerco in tutti i modi di non essere di peso.

Sono trascorsi alcuni mesi dal mio ricovero, ormai giro tutto l'ospedale e mi muovo agevolmente persino nei cunicoli sotterranei.

Questa mattina sono andato a sentire messa alla lontana cappella e tornato nello stanzone ho atteso la quotidiana visita dei medici. Nel frattempo ho messo l'auricolare nella mia radiolina e quando è arrivata l'infermiera Enrica, si è avvicinata al mio letto e ha bisbigliato con il suo accento milanese: – *Francesco, è arrivato dalla Calabria un altro ragazzo emofilico.*

L'emofilia è piuttosto rara e il fatto di essere affetti dallo stesso male, crea un legame indissolubile, un senso di solidarietà generato dal fatto che qualcun altro condivide la tua stessa malattia. È un sentimento di condivisione molto forte, unisce e crea un legame, perché sai che l'altra persona è come te. Prova il tuo stesso dolore e le tue stesse sensazioni, è quasi come sentirsi in famiglia. Ci chiamano per ovvie ragioni 'fratelli di sangue'.

Non vedo l'ora di conoscerlo e di lì a poco arrivano i medici con i loro sorrisi rassicuranti e la loro soddisfazione per i miei miglioramenti. Enrica li segue, in una mano ha la sacca di plasma e nell'altra un cioccolatino. Me lo porge e dice: – *Questo lo mangi dopo.*

Preparata la trasfusione, chiama il dottor Veltri, mio conterraneo e ora sindaco di Pavia.

Il medico mi sorride, sistema il laccio e si accinge a inserire l'ago nella mia giovane pelle. Rimane sorpreso quando vede che l'ago stenta a entrare nella vena fino a incurvarsi. Mi guarda dritto negli occhi ed esclama bonariamente: – *Si vede proprio che hai la pellaccia da calabrese.*

Enrica esplode in una fragorosa risata.

Conto le gocce del plasma una a una e le osservo nella loro lenta discesa come per affrettare il tempo. Non appena ho terminato, infilo le ciabatte e attraverso il corridoio dove c'è la tv, apro la porta a vetri che divide i due reparti e mi dirigo verso la stanza che Enrica mi ha indicato poco prima, vicino al distributore del caffè.

Una gamba gigantesca molto gonfia è la prima cosa che vedo entrando nella camera, sollevo il viso e con mio enorme stupore riconosco Gaetano, lo stesso ragazzo che ho conosciuto a casa mia. Sta facendo una trasfusione di plasma e nessuno meglio di me può comprendere la sua sofferenza. Mi avvicino, gli prendo la mano libera e dico: – *Ciao Gaetano, cosa è successo?*

Con voce sommessa risponde: – *Sono caduto e si è rotta la gamba.*

In quel momento entra Maria, sua madre, e tra un singhiozzo e l'altro esprime il suo dispiacere per il figlio, ma anche la gioia di vedermi in piedi.

La ringrazio, promettendole che sarei stato vicino a Gaetano nel periodo della sua permanenza.

Lungo il corridoio, mentre torno nella mia stanza, incrocio il carrello che porta il pranzo. Normalmente mi sarei affrettato a preparare la mia tovaglietta sul tavolo poiché ho un robusto appetito, ma in questo momento, seppur temporaneamente, il mio stomaco si è chiuso. Non posso sopportare di vedere qualcun altro patire le mie stesse pene, non posso non sentire il suo dolore, non posso fare a meno di provare un sentimento di vera fratellanza.

Nel mio stanzone, al posto del tavolo, proprio davanti al mio lettino, hanno messo un altro letto per un caso urgente. Si tratta di un signore scarno, dal volto lungo e il suo cognome,

Cavallo, mi sembra molto appropriato. Oggi ognuno mangia sul proprio letto e si percepisce una certa tensione. Nonostante tutto però i pazienti della stanza, ormai divenuti miei amici, chiedono i bis di purè, carne e pasta che puntualmente danno a me, nel tentativo di smorzare il mio ormai proverbiale appetito e con orgoglio consegno alle infermiere i piatti lindi.

Chiedo a Morandi un fumetto di Tex Willer e mi metto a leggere beatamente. Adoro i fumetti: Tex è la serie che preferisco.

C'è un gran silenzio.

Morandi fa il cruciverba e ogni tanto mi chiede la soluzione, Marco legge, il piccolino studia le mosse sulla sua scacchiera, il signore imprenditore legge '*Il Pavese*', De Gregorio fa il suo solito riposino pomeridiano e il giovane pugliese, come di consueto, sta borbottando qualcosa, ma nessuno gli dà retta. Anche il nuovo arrivato è disteso e sembra riposare.

Tutto si svolge nella calma più assoluta come un sonnacchioso pomeriggio invernale. Improvvisamente sento un tonfo violento come un fulmine a ciel sereno, provenire dal letto di fronte al mio. Sollevo lo sguardo e vedo il signor Cavallo piegato in due che vomita sangue, con i conati che raggiungono i piedi del suo letto.

Mi attacco al campanello e così fanno gli altri. Dalla quiete alla tempesta. Il fragore della stanza rimbomba per tutto il reparto.

Di lì a un attimo è un immediato viavai di infermieri e medici che delimitano il letto con i paraventi.

Noi ci guardiamo negli occhi, attoniti e incapaci di proferire verbo. Persino il mio vicino di letto, il rissoso Nicola, ha perso la parola. Trascorrono interminabili minuti prima che portino via il povero signore ricoperto da un lenzuolo.

Questa scena l'ho vista più di una volta nel corso della mia permanenza al San Matteo.

I primi giorni tutti mi hanno ignorato, poi con il passare del tempo le persone hanno cominciato a conoscermi. Di mia iniziativa spesso mi metto con le gambe nel lettino vicino al mio e spingo con il corpo avanti e indietro. Faccio questi esercizi da solo, istintivamente, senza che nessuno mi abbia mai detto di farli. Di fatto, scoprirò successivamente, che sono stati in grado di accelerare la mia guarigione.

Gli altri pazienti mi osservano e pian piano cominciano ad apprezzarmi. Mi faccio i fatti miei e non infastidisco nessuno. Man mano che il tempo passa cominciano ad aprirsi e a trattarmi come un amico. Un giorno ho preso diversi caffè alla macchinetta a gettoni e li ho offerti alle persone della mia stanza. Li ho appoggiati sul tavolino dei pasti e ho visto una luce diversa negli occhi degli altri. Quel piccolo gesto è stato in grado di abbattere le barriere e i pregiudizi nei miei confronti, dovuti probabilmente al fatto che sono meridionale. Morandi, da me ribattezzato Gianni, è tra questi. All'inizio m'ignorava, poi si è accorto che non sono come lui credeva e ora scherzando, esclama: – *Ueèè terrunn viè chì ahahaha.*

Fra tutti i pazienti Morandi è la persona che si è affezionata di più a me e spesso si confida. La settimana passata mi ha detto: – *Spero di non avere lo stesso male di mio fratello* – vedendolo commosso gli chiedo: – *Cosa aveva tuo fratello?* – alza per un attimo lo sguardo e poi abbassa di nuovo la testa – *Francè, lui aveva il cancro e, purtroppo, è morto.*

Da quel giorno, quando ha le sue crisi, mi siedo sul suo lettino e gli sto accanto.

Sono stato ricoverato diverse volte al San Matteo e ogni volta sono riuscito a fare nuove amicizie. Gli ospedali, per le persone costrette a lunga degenza, diventano delle comuni, come dei piccoli paesi. Alla fine ci si conosce tutti e si sanno vita, morte e miracoli di ognuno. La parola 'morte' è un eufemismo in questo caso, purtroppo le persone con le quali ho stretto rapporti di amicizia, dopo un po', sono decedute. Li ho visti morire quasi tutti.

La storia è sempre la stessa, si ripete in continuazione. Crisi, paravento, viavai di infermieri e dottori e infine il corpo portato via coperto dal lenzuolo bianco.

Al paese non ho persone con le quali potermi sfogare, cercare un consiglio, fare una confidenza ma stranamente fuori trovo sempre il mio angelo custode.

Enrica è la mia infermiera preferita. Questa volta, come le altre, ho trovato il mio angelo. Talvolta mi porta con sé a fare il giro per la consegna delle medicine ai pazienti. Porta i capelli raccolti sotto la cuffietta bianca con una frangetta bionda sulla fronte e ha la facoltà di contagiare l'allegria.

Questa mattina le ho chiesto: – *Come mai muoiono tutti qua?*

Per logica, sono convinto che farò la stessa fine.

Lei ha abbassato lo sguardo e mi ha risposto con tristezza: – *Francesco, tu hai l'emofilia, hai i tuoi problemi, però non sono così gravi, dolorosi forse ma non fatali se ben curati. Qui siamo nel reparto ematologia e ci sono malattie che ancora non perdonano, tu sei tra i più fortunati.*

È vero. La maggior parte delle persone giunge in questo reparto sorridente e piena di speranza, convinta di non avere problemi irrisolvibili. Nemmeno chi ha la leucemia pensa di morire, convinto che tolta la milza o fatto un trapianto del midollo risolverà il problema. Forse in futuro, ma per ora non è così.

Questa mattina sono stato dimesso dal primo ricovero e ora sono in grado di camminare. Zoppico, ma cammino.

Ho avuto altri due ricoveri al San Matteo e nell'ultimo ho saputo che il povero Morandi era morto.

Capitolo 20
Lugubri pensieri

Siamo sul finire dell'estate e io con i miei diciassette anni devo ancora frequentare la prima media.

Sono tornato a casa da qualche giorno dall'ospedale San Matteo dopo il mio secondo ricovero e di nuovo mi sento avvilito e sconfortato per quella che è stata la mia vita fino a questo momento. Ho il braccio sinistro dolente e immobile a causa di due ematomi e da stamattina sono seduto da solo su questo pianerottolo. Vorrei disegnare, liberarmi dalla rabbia per la vergogna di mio padre che ieri sera si è sfogato su mia madre con l'ennesima espressione della sua bestialità; ma non ho nulla per farlo, non ho matite, non ho quaderni e non ho colori. La mia vita è senza colori.

Un tonfo richiama la mia attenzione, mi volto di scatto e sul mio balcone è atterrata con un leggero balzo degno di una gazzella, una bellissima ragazza di circa sedici anni. Bionda, occhi azzurri, minigonna molto corta. – *Chi sei?* – chiedo – *Mi chiamo Gisella, ho saltato il muretto e sono arrivata da te, ti dispiace?*

Si siede sul mio stesso gradino e facciamo subito conoscenza, ma quando mi chiede di entrare in casa perché ha sete, mi costringe a rivelare la mia condizione fisica, sbianca in volto, fa due passi indietro, poi gira le spalle e scappa via.

Forse non vale la pena continuare così. Che senso ha vivere in questo modo? Mi sento un peso per tutti e per quanto riesca a tener duro, questa situazione non passerà mai. Sono solo e claudicante, e la mia malattia me la porterò dietro per sempre. Non ho mai potuto giocare senza conseguenze e ormai sto diventando adulto. Il tempo dei giochi è finito. Avrei voluto correre, divertirmi, vivere.

Ogni mio desiderio è soffocato e anche la mia passione per l'arte la devo accantonare, la casa è piccola e mia madre non vuole vedere colori, tele e ancor meno argilla.

Cosa posso aspettarmi dalla vita se non altro dolore?

Le persone mi compatiscono e provano pietà per me e io non lo tollero. Non chiedo molto, desidero soltanto essere come gli altri. Ma questo non è possibile.

Non posso né voglio sposarmi perché per nessuna ragione addosserei il mio peso ad altri. Non avrò figli. Non potrò mai avere una famiglia.

È l'unico momento della mia vita dove penso che nulla possa avere più un significato.

Questa e altre considerazioni accompagnano il mio cammino.

È un pomeriggio tranquillo, non un fil di vento né si muove foglia e preso dai miei lugubri pensieri mi avvio verso la salita della mia via. Percorro il cunicolo che unisce il castello alla chiesa. Dalla parte opposta c'è la Torretta che dà su un dirupo attorno al quale, in epoca remota, è stato costruito un muro di cinta con quattro porte di accesso al paese.

Ho preso la mia decisione: il burrone dello Spirito Santo è il punto nel quale porrò fine alla mia agonia.

A fatica cammino per raggiungere il luogo designato con il mio fare claudicante e la testa china, immerso nel mio mondo e nei miei pensieri.

Una tristezza senza conforto. Non piango, non è da uomini. Come non è degno quello che sto per fare. Non lo faccio solo per me ma anche per chi mi è vicino. Mi muovo per inerzia come se qualcuno mi trainasse. Mi butterò giù lasciandomi tutto alle spalle, abbandonando per sempre questo mondo terreno che mi ha procurato tanto dolore. Un dolore senza confini, una sofferenza che non auguro a nessuno. Forse qualcuno piangerà per me.

L'unico rimpianto è per i nonni, a loro chiedo profondamente perdono.

Sento passi leggeri giungere nella mia stessa direzione. È una ragazza e mi irrito quando la vedo. Non desidero che qualcuno interferisca in alcun modo con i miei piani, ma non posso fare a meno di notare il suo incedere aggraziato ed elegante e i suoi capelli neri e lisci che ondeggiano al ritmo del suo passo. Si tratta di una ragazza che non ho mai visto.

Quando giunge accanto a me, si avvicina sorridente e con fare affabile mi dice: – *Ciao Francesco, vedo che stai molto meglio, non vedo l'ora di vederti quando tornerai a scuola, spero frequenteremo la stessa classe. Ciao ci vediamo. A presto.*

Poche parole, spontanee e amichevoli. Non ci sono barriere o limiti fisici fra noi. Siamo semplicemente due ragazzi che si vedranno a scuola di lì a qualche giorno. Non ha importanza per lei in questo momento se sono malato o zoppicante, non c'è pietà o commiserazione nei suoi occhi, soltanto amicizia.

Le sue parole mi aprono alla vita. Mi fanno considerare le cose da un altro punto di vista. Due semplici parole sono state in grado di innescare dentro di me un meccanismo di fiducia verso il prossimo.

Torno a casa felice. In fondo mi bastava davvero poco per esserlo.

Un po' di attenzione e un po' di amore. Abbandono completamente i miei progetti di suicidio perché ho trovato una fiammella di speranza.

Ho ripensato spesso a quella ragazza. Non la conoscevo,

ma lei conosceva me, tutti nel circondario conoscevano me e il mio problema.

Come da promessa ci rivediamo a scuola negli anni successivi. È stato il mio primo amore e la prima persona che mi abbia considerato normale.

Mai mi fu dato di vedere un animale in cordoglio di sé. Un uccelletto cadrà morto di gelo giù dal ramo senza aver provato mai pena per sé stesso. (cit. David Herbert Lawrence).

Capitolo 21
Figli di Madre Natura

Sul far della sera, torno da Siderno con un passaggio. Non ho ancora superato completamente l'abitato di Caulonia e noto qualcosa che si muove sul ciglio della strada. La visibilità è scarsa a causa del maltempo ma chiedo all'autista di fermarsi comunque per vedere di cosa si tratta.

Accosta, scendo dall'auto e mi blocco incredulo.

La scena che si presenta ai miei occhi è raggelante. Un piccolo cagnolino dal pelo fulvo, con le sole zampette anteriori, si trascina verso di me, cercando di fuggire alle beccate di un corvo attratto dai brandelli di carne straziata e sanguinolenta. È stato investito da un'auto e ha gli arti inferiori maciullati, il viso sanguinante e diverse ferite lungo il corpo. Guaisce dal dolore e nell'avvicinarmi con cautela, mi guarda spalancando gli occhi con aria supplicante.

Sento una morsa all'altezza dello stomaco e cerco di capire cosa posso fare per aiutarlo. Non c'è modo di trovare un veterinario e comunque non potrebbe sopravvivere al viaggio, è troppo malconcio – *Non temere* – gli dico con un filo di voce – *non penso tu sia un piccolo essere insignificante, tutt'altro: sei mille volte migliore di tanti umani ipocriti e di chi ti ha lasciato in queste condizioni.*

Prendo il mio fazzoletto e lo metto su una delle sue parti posteriori sanguinanti, mentre una lacrima scende lungo la sua guancia. Cercando di non fargli male sollevo leggermente la parte anteriore del corpo. Al contatto delle mie dita si lascia andare leccandomi la mano. Com'è sua natura è lui a preoccuparsi per me. Lo guardo negli occhi buoni e mormoro: – *Come possiamo farvi questo?*

Accarezzandogli la fronte tento di consolarlo. Lo abbraccio come posso, senza sollevarlo del tutto da terra e gli sussurro un sincero: – *Sono molto dispiaciuto e sono sicuro che un giorno ci sarà un mondo migliore, dove non sarai ignorato, maltrattato e abbandonato, dove non dovrai essere da solo e non ci saranno padroni. Un mondo rivolto alla vita e all'amore.*

Forse non comprende il mio linguaggio, ma di certo comprende il linguaggio dell'amore. Premo forte con la mano sulle parti del corpo dove la fuoriuscita di sangue è più dirompente, ma so che ormai è soltanto questione di tempo.

Lui è solo così come lo sono io. Soffre il dolore come l'ho sofferto io. Sento la sua pena come mia e lentamente continuo ad accarezzarlo. Il mio cuore pulsa a un ritmo martellante nell'attesa dell'inevitabile, lui mi guarda spaventato quasi a chiedermi di non abbandonarlo e i suoi guaiti somigliano al pianto di un bimbo.

Mormoro: – *Non ti lascio piccolo mio, starò sempre con te* – cercando di fare tutto il possibile per tranquillizzarlo. Con le sue ultime energie, cerca di farmi capire con un movimento delle orecchie e della testa la sua gratitudine.

In questo momento penso a quanto c'è di umano negli animali e a quanto c'è di disumano negli uomini.

Rimango accanto a lui fino alla fine. Non posso fare nulla, soltanto stargli vicino e sperare che la sua morte avvenga in fretta per evitare che soffra di più. Gli parlo con voce serena: – *Non sei più solo, sono qua con te e ti prometto che farò tesoro di questa esperienza.*

Vedo il cucciolo rilassarsi e si affida a me come per abbracciarmi. Lo abbraccio a mia volta con estrema cautela, facendo in modo di fargli sentire tutto il mio affetto.

Trascorre qualche ora fino a che il cucciolo esala il suo ultimo respiro.

Scelgo un luogo poco distante, ai piedi della collina e scavo una buca. Prendo il cagnolino e lo depongo all'interno delicatamente come un oggetto di porcellana.

Mi sento svuotato e affranto ma con la consapevolezza di essere riuscito a farlo andare via con il calore di una mano.

Quest'esperienza mi ha cambiato profondamente. Sono sempre stato sensibile verso gli animali, fin da quando quel gatto uccise il mio Cippy, ma da quel giorno ho cominciato a fare attenzione a particolari che fino a quel momento non avevo considerato.

Non avrei mai più accettato il maltrattamento verso altri esseri viventi: i maiali uccisi alle feste in modo orribile e senza alcuna pietà, i cani legati troppo stretti, gli uccellini tenuti in gabbia e le sperimentazioni sugli animali.

Divento vegetariano, una scelta fatta con convinzione ma anche una forma di protesta, un piccolo passo per riconquistare la mia e la nostra dignità di esseri umani.

La mia visione della vita muta aprendo la mia mente e cercando di fornire il mio aiuto agli animali che più ne hanno bisogno.

Figli di Madre Natura

L'ombra del roseo tramonto scende nell'animo
afflitto della mia malinconia.
L'istante gela l'ardente spirito al suo nascere
e una crescente, penosa sofferenza mi lacera il cuore.
L'angoscia primordiale della morte

penetra questo tragico silenzio cosmico
e il nulla sprofonda nell'infinito vuoto
rendendo il mondo un insignificante accadimento.
Tutto mi pare assurdo, inutile, vano.
Nulla può placar la mia angoscia
Avvolto in un alone di sbiaditi colori
e offuscato da fantastiche visioni
cerco invano la ragione dell'esistenza.
Tu piccola, fraterna creatura
vittima della presunzione dell'uomo
che di fronte agli accessi dell'egoismo
muta i valori della Vita rendendoli ipocriti
ed inconsistenti.
Dimmi, quale tragica esistenza è la nostra?
Il senso delle cose, della vita, della morte,
dell'inizio, della fine,
tutto ciò che cerchi lontano, è intorno a te
è l'energia invisibile che tutto crea
tutto trasforma e tutto distrugge.
È il mistero che si cela in Madre Natura.
Ora sei nelle braccia della Natura che ti darà,
come farà con tutti noi,
una nuova vita.

Capitolo 22
Preghiera per la piccola Anna

Il mio desiderio di creare è forte e in questo momento la mia arte è volta alla scultura. Nel mio paese trovo modo di esprimerla nel sacro. Nasce in me l'idea di riprodurre in miniatura le statuine dei Santi Cosimo e Damiano e la mia ingenuità mi porta a parlarne con il parroco spiegando nei dettagli il mio progetto. Egli per tutta risposta, a mia insaputa, ordina ad altri la loro realizzazione e riproduzione.

La vicenda mi irrita al tal punto da non riuscire a prendere sonno. Il mattino seguente mi reco in chiesa, intenzionato a chiarire non curandomi delle vecchiette in attesa della messa mattutina.

Il parroco mi chiama nel suo ufficio e la mia irritazione è scemata, tanto che desidero soltanto dirgli ciò che penso in maniera del tutto civile e metterci una pietra sopra.

L'arroganza e la presunzione pare siano comuni da queste parti e con tono pesante e per niente amorevole mi dice: – *Tu non sei nessuno, non hai voce in capitolo* – poi incalza – *noi facciamo quello che vogliamo e tu devi stare zitto.*

Non riesco a credere che il parroco che mi conosce fin da bambino e che mi ha dato l'estrema unzione, possa cadere in una tale bassezza.

Poche settimane più tardi il vescovo della diocesi viene a Riace per incontrare i giovani. Ne approfitto per esporre pubblicamente il mio caso, ma oltre un evidente imbarazzo non ottengo altro. Tutte le persone presenti si sottraggono al mio sguardo, nessuno mi sostiene e ancora una volta mi sento oltraggiato. La frustrazione deriva dal fatto che come emofilico sono stato abituato a non reagire fisicamente e, di conseguenza, anche moralmente, non riesco a far valere le mie ragioni e la mia bassa autostima è frutto di una vita di umiliazioni.

La festa dei santi patroni è sempre memorabile a Riace. La messa è finita da poco e tra i banchi sono rimaste poche donne che sgranano il rosario. L'ultimo incenso della lunga processione del 26 settembre brucia ancora e i ceri votivi vengono man mano accesi, spandendo nell'aria fumi e profumi dall'odore inconfondibile. Il battito d'ali di un confuso cardellino che, non essendo più capace di andare via, svolazza urtando il vetro della cappella. Sfinito si ferma per riprendersi sull'altare dietro a un candeliere.

Una vecchietta dalla fisionomia simile a quella di nonna Mela si batte il petto sulla porta del sagrato, facendo un rumore che, nel vuoto della chiesa, rimbomba come un'onda echeggiante. Si butta sulle nude ginocchia e strisciando avanza tra i banchi supplicando i santi. La seguo con lo sguardo e provo tenerezza, continua a flagellarsi con le nocche della mano e giunge innanzi a me. Tremante e ormai esausta dallo sforzo, dalla camicetta estrae un piccolo involucro pieno di denari e porgendomelo dice: – *Tenete figliolo, questo datelo ai santi Medici che mi devono fare la grazia.*

Faccio parte del comitato della festa e ho il compito di raccogliere i voti dei fedeli ma in questo momento desidero soltanto aiutare questa povera donna. Porgendole la mano l'aiuto ad alzarsi da terra e la faccio accomodare su una sedia al riparo da occhi indiscreti, lontana dagli occhi di chi tanto prega per sentirsi vicino a Dio, ma nulla fa per sentirsi in pace con gli uomini. Le offro un bicchiere d'acqua e lei mi ringrazia con lo sguardo benevolo.

– *Nonna perché è così addolorata?*

La donna mi prende una mano con gli occhi colmi di lacrime e, guardando verso le statue dei santi, racconta: – *Mia figlia sta vivendo un dramma. La sua piccola Anna è stata colpita dall'anemia. Il medico del paese le ha dato poche speranze di rimanere in vita. Non ci resta che pregare e sperare.*

La povera nonna si è privata di tutto per racimolare i soldi per il voto e cerca nella preghiera un miracolo che possa salvare la sua nipotina di dodici anni.

Prego anch'io. Prego con parole mie. Parole che esortino a non lasciarsi travolgere dall'impotenza, parole che aiutino a superare il limite dell'umana paura che si cela in ognuno di noi. Parole di supplica per una bimba che sta morendo e per riuscire a risvegliare le capacità umane contro le avversità della vita.

Mi siedo accanto a lei come se parlassi con nonna Mela e le racconto che anch'io sono stato gravemente ammalato, ho pregato e sperato con tutte le mie forze di poter guarire. Per molti anni ho avuto un sogno ricorrente: la banda musicale che suona per le vie del paese accompagnando la processione dei santi. Dietro l'ultimo bandista ci sono io che la seguo zoppicante. Guardo i santi implorandoli di guarirmi. San Cosimo si volta verso di me, mi guarda compiaciuto e io non zoppico più. Corro davanti a tutti, mi faccio spazio in mezzo ai Rom che suonano i tamburelli e come un dissennato ballo la tarantella per rendere omaggio a chi mi ha guarito. Nella frenesia del ballo, mi sveglio e mi accorgo che è solo un sogno.

Le racconto che la mia situazione peggiorava e non riuscivo più a camminare. Fu il cuore di una mamma di Mongiana e le cure dei dottori di Pavia a salvarmi. Lei mi ascolta attenta e fiduciosa.

Il cospicuo fagotto dei denari è ancora tra le mie mani e potrei facilmente farlo sparire. Pare che alcuni lo facciano con regolarità, ma questo non mi appartiene. Il mio cuore non può resistere al pianto di una nonna, umanamente è impossibile. Restituisco i soldi alla poveretta e la imploro: – *Prenda nonnina, questi soldi serviranno per portare la piccola Anna al San Matteo di Pavia. Vedrà che la dottoressa Gamba, come ha salvato me, farà il miracolo di riuscire a salvare anche la sua nipotina.*

Viene verso di noi un sacerdote. Conosce la storia della nonna. Le consiglia di avere fede, pregare e con voce sibillina la sollecita a offrire il suo voto alla chiesa: solo così può sperare in un divino aiuto. Mesta e sottomessa risponde: – *Siamo nelle mani di Dio.*

La nonna ha sul volto i segni della stanchezza a causa del lungo percorso notturno in cammino per giungere al santuario. I suoi occhi vedono in me una luce nuova.

Rimasti soli la rassicuro: – *Non esiste il destino, non esistono gli Dei, siamo noi a scrivere la storia della nostra vita.*

– *Giovanotto, la mia sola speranza è il ritorno alla vitalità della mia nipotina. E se questo avverrà, avrà tutta la mia riconoscenza e la verrò a trovare.*

Il vivace cardellino ricomincia a volare. Finalmente ha ripreso le forze e vola alto verso la libertà. Non porta a Madre Natura una preghiera, a Lei non è dovuto, ma un canto di gioia per la vita.

L'anno successivo una nonna, una mamma e una ragazzina, vengono a cercarmi al santuario per ringraziarmi, ma non mi trovano. Mi sono dimesso. Mi trovano in un bar e felici brindiamo alla guarigione della piccola Anna.

Capitolo 23
Al liceo

Il terzo ricovero all'ospedale San Matteo di Pavia è stato soltanto di quindici giorni. Quando mi dimettono la dottoressa Gamba mi dà una terapia da fare a casa che cambia decisamente la mia vita.

Si tratta di iniettare in endovena emoderivati che il dottor Arcadi deve farmi in caso di necessità. Purtroppo lui non è sempre disponibile in quanto è l'unico medico di Riace e, grazie alla sua professionalità, è molto richiesto nei paesi vicini. Spesso sono costretto ad attenderlo fino a tarda sera. Al che, l'altro giorno cominciavo a percepire nel braccio sinistro una sensazione di estrema stanchezza, è il chiaro segnale che precede l'emorragia. Ero solo e non avevo modo di avvertire il dottore. Il movimento del gomito si stava rapidamente riducendo e con il passare dei minuti diventava sempre più caldo e aumentava il gonfiore.

Il farmaco ha lo scopo di rallentare, se non addirittura arrestare, le emorragie e senza l'iniezione avrei trascorso una notte pessima, e inoltre, nei giorni a seguire, sarei stato costretto a farne molte altre per far recedere l'emartro. Preparo il necessario e senza pensarci troppo, con cautela ma estremamente deciso, avvicino l'ago alla pelle, con la punta seguo la vena e trovo il punto su cui premere. È pericolosa un'iniezione fatta in questo modo, ma me ne hanno fatte talmente tante che non ho alcun problema. Ora sono autonomo e al momento opportuno sono in grado di farmela da solo.

A tredici anni ho ripreso la scuola dalla terza elementare. Sono di quattro anni più grande dei miei compagni e sarà così per tutto il mio percorso scolastico.

Ho imparato a leggere e scrivere da solo dalla tv. Ho frequentato le scuole elementari e medie con diverse assenze, talmente tante che mi facevano fare l'esame di riparazione ogni fine anno, ma alla fine ho preso la licenza. Ormai ho diciotto anni e la passione per il disegno e per la pittura mi porta a scegliere il liceo artistico che desidero frequentare al di sopra di qualsiasi altra cosa. Tutti i miei professori, da Don Attilio che tappezzava con i miei disegni le pareti della classe elementare, fino alla scuola media, mi hanno sempre incoraggiato a seguire questo percorso. Mi hanno dato l'appellativo di 'maestro'.

Già all'età di sette anni facevo ritratti e disegnavo tutto ciò che mi circondava o che vedevo in televisione. Il seme dell'arte, che è nato dentro di me fin da bambino, è cresciuto e ora vuole germogliare. Spinge prepotentemente in quella direzione come se dovesse esplodere da un momento all'altro. La natura deve fare il suo corso e per me, coltivare la mia espressione artistica, è del tutto naturale. In questo momento è il mio unico desiderio.

Naturalmente mio padre è contrario. L'altra sera mia madre ha trovato il coraggio di dirglielo ma il suo diniego è stato totale. Per lui mandarmi a scuola è uno spreco di tempo e di denaro, tant'è che, per poter frequentare il liceo negli anni successivi, mia madre ha dovuto darmi il denaro di nascosto da mio padre.

Purtroppo i pochi soldi sono sufficienti soltanto per pagare il pullman che devo prendere ogni giorno per raggiungere la scuola.

Spesso mi mancano i soldi per un panino, mi servono continuamente fogli da disegno, colori, matite e materiali vari, ma in qualche modo mi aggiusto. L'aiuto di mia nonna è sostanziale ma comunque non basta. Sono talmente motivato che m'ingegno in ogni modo possibile per racimolare la cifra necessaria che ogni settimana mi serve per completare i miei studi. Gioco a carte e vinco spesso oppure faccio piccoli restauri. L'assegno che ogni mese mia madre percepisce per la mia malattia potrebbe essermi utile, invece viene utilizzato per tutt'altro.

I ritratti che creo sono riproduzioni fedeli e potrebbero divenire di ottimo valore, per la gente è un pregio ma mio padre non gli dà credito, lui li definisce 'pupazzi', attività da nullafacenti intraprese da chi non ha voglia di lavorare. Lavoro di nascosto e poco, troppo poco. Per mia madre, quando va bene, l'arte è considerata un vezzo, i colori sono sporcizia da evitare, mentre i fogli e le tele creano solo confusione. In questa condizione diventa difficilissimo per me rimanere al passo con gli studi.

Una piccola società contadina non è terreno fertile per un artista. Non è considerato un lavoro perché i contadini sono convinti che il vero lavoro sia quello dei campi che ti logora e ti rompe la schiena. Li capisco, perché abituarsi al bello non è per chi deve lottare per sopravvivere ma sono altresì convinto che l'evoluzione dell'essere umano passi anche attraverso l'energia che libera la creatività.

La prima lezione al liceo è per me un'immensa gioia, è come realizzare un sogno. Nell'aula ampia e soleggiata ci sono numerosi cavalletti e diversi studenti, per lo più ragazze.

Per anni ho disegnato su un quaderno con le matitine della Giotto che mi regalava il nonno, ma qui è un trionfo di colori, disegni e ogni sorta di ben di Dio. Mi sento fiero e orgoglioso.

Osservo l'aula come inebetito, scelgo un cavalletto e saluto i miei conoscenti.

Siamo a settembre e qui in Calabria la temperatura è ancora molto alta. Nell'aula le finestre rimangono aperte e io comincio a dar corpo alla mia prima opera scolastica armato di matite e accompagnato dalle note della canzone di Celentano: '*Bellissima*'.

La felicità iniziale presto lascia il posto all'imbarazzo. Subentra il disagio di stare in mezzo agli altri. Devo fare i conti con un trascorso poco credibile e affrontare le mie paure. Temo che in qualche modo tutti sappiano ciò che accade in casa mia. La difficoltà si manifesta in particolare con i miei compagni con i quali, a causa della mia condizione, ho la sensazione che tutti siano a conoscenza della mia situazione familiare.

Immagino che gli altri siano in grado di leggere negli occhi il mio penoso passato. Non mi è d'aiuto nemmeno l'abbigliamento povero e di cattivo gusto, dignitoso ma non alla moda. Mi vesto male perché gli abiti che indosso li sceglie mia madre per me e non ho mezzi per curare i miei capelli ribelli. I miei disagi adolescenziali sono aggravati dalla costante mancanza di denaro.

Per celare la mia miseria sorrido. Sorrido sempre, scherzo e rido con tutti per non esternare la mia solitudine. Mi mostro diverso agli occhi degli altri per dimostrare che sto bene e non ho problemi. Faccio lo scemo come il pagliaccio triste, ma il mio cuore infelice è colmo di sconforto.

L'altro giorno stavo disegnando ed è entrata in classe una bellissima ragazza. I capelli castani ricadevano sulle spalle come un velo e i suoi occhi verde chiaro mi hanno folgorato. Si è seduta accanto a me ammirando i miei disegni. Abbiamo chiacchierato amabilmente per tutta la lezione e quando mi ha invitato per una passeggiata il giorno seguente, mi sono sentito al settimo cielo. Al termine della lezione mi sono alzato e lei mi ha visto zoppicare. Non dimenticherò mai il suo sguardo colmo di disgusto. È andata via senza nemmeno salutarmi.

Grazie alla mia arte sono in grado di affrontare anche queste delusioni. Mi rifugio in essa e in essa mi rispecchio. Quando dipingo, mescolo i miei colori e mi sento un tutt'uno con essi, ed è allora che la mia opera prende forma, ed è proprio in quel momento che mi sento parte della mia creazione. L'annuso, l'assaporo, la tocco, la sento e la vedo, non soltanto con gli occhi ma con la parte più profonda del mio essere. Mi sento in uno stato di grazia e tutto lo sconforto scompare. Passerà ancora del tempo prima che capisca che non potrò più farne a meno.

L'aula di pittura è luminosa, ampia all'inverosimile e Franco qualche giorno fa si è seduto accanto a me. È stata subito amicizia, di quelle che durano per sempre.

Franco è l'unico alunno di Siderno, un paese che dista circa trenta chilometri da Riace. Ha occhi sinceri, profondi e magnetici, neri come la pece e un'incredibile ossessione per i capelli che cura in modo maniacale. Da quel momento siamo diventati inseparabili. Inutile dire che siamo sempre vicini. Lui è il ritratto della gioia. È sempre felice, non ha mai il broncio, è disposto a scherzare, raccontare barzellette e fare imitazioni. Imita Enrico Montesano quando interpreta la 'romantica donna inglese' e dice in continuazione le parole: – *Molto pittoresco* – allora ridiamo insieme a più non posso, con una risata che fa bene all'anima e al cuore.

Successivamente, a noi si è unito un altro ragazzo: Calogero. Franco lo prende in giro molto spesso e gliene dice di tutti i colori. Ci siamo soprannominati 'i tre Bassotti', non per l'altezza, ma perché un giorno abbiamo rubato dei colori da un armadietto abbandonato della scuola. Non si è trattato di un vero e proprio furto, erano rimanenze abbandonate e le abbiamo utilizzate. Calogero, Franco e Francesco, la banda Bassotti.

Questa classe è bellissima, in tutti i sensi. Ascoltiamo la musica proveniente dal jukebox della vicina sala giochi e quando sento le mie canzoni preferite penso: – *Ora faccio un bel disegno* – ed è entusiasmante, soprattutto per me dato che in casa non mi è concesso dipingere. L'aula è composta per due terzi da ragazze, belle ragazze. Sembra il paradiso: disegno, musica e ragazze. Se dovessi descrivere il paradiso lo descriverei in questo modo.

Con naturalezza e semplicità al nostro piccolo gruppo si è unita una ragazza.

Memma ha grandi occhi scuri, è piccola di statura e veste sempre di nero a causa della recente scomparsa del padre. Altruista e dolce nei modi, spesso mi sorprendo a guardarla sottecchi. Non è difficile per me innamorarmi, anche se non mi sento degno. Per tutta la durata del liceo, Memma è stata il mio amore segreto. Non c'è momento in cui non pensi a lei. Immagino il nostro futuro insieme e sogno a occhi aperti. Lei con me è molto dolce e affettuosa e a volte ho la tentazione di rivelarle i miei sentimenti.

Oggi è una bella giornata di fine marzo. Il sole è luminoso e nell'aria si sente l'arrivo della primavera. Questa mattina molti non se la sentono di rinchiudersi in un'aula del liceo e alcuni studenti trovano un motivo per scioperare. Anche noi della terza C decidiamo di non entrare.

Sono al juke-box e ho appena selezionato la canzone: '*Sereno è*' di Drupi. Vicino a me c'è Memma con i suoi rotoli di carta da disegno sotto il braccio. Lei ascolta la musica con aria sognante e quando sto per selezionare '*Sei Bellissima*' della Bertè, mi ferma la mano e mi chiede: – *Andiamo a fare due passi sul lungomare?*

Sono stupito. Di solito, quando non ci sono lezioni, torna a casa.

Biascico tartagliante un – *Sì, certo* – che esce a malapena dalle mie labbra.

Il bagnasciuga di Siderno è stupendo, il mare argentato luccica come se avesse ingerito le stelle. Passeggiando scherziamo e ridiamo un po' su tutto e il tempo passa velocemente. Camminiamo a lungo fino a quando decidiamo di riposare presso la fontanella della Villa Comunale. La mia autostima accresce quando metto una mano in tasca e mi accorgo di avere qualche spicciolo. Non ricordavo più che ieri sera al bar del paese avevo vinto con le carte a scala quaranta. Non sono molti, ma saranno sufficienti per comprare due panini con la mortadella e due bibite.

Memma è più serena del solito e su quella panchina in pietra stiamo proprio bene. Mentre lei parla del più e del meno, dico fra me e me: – *Ora le parlo, le confesso i miei sentimenti. Ma se poi la prende male? Perderei una cara amica. Di certo non vorrà un ragazzo malato.*

Sono talmente indeciso che vado in confusione. A scuotermi è una voce: – *Uè Fra', finalmente vi ho trovati.*

L'arrivo di Franco non poteva giungere in un momento peggiore. O forse migliore?

Il sabato mattina è dedicato al cinema. Proiettano i primi film di avventura e ci diamo appuntamento di fronte al liceo. In questo periodo è in voga '*Jesus Christ Superstar*' il musical che poi farà epoca, ma noi non disdegniamo nemmeno i film di Bud Spencer e Terence Hill. La nostra attrice preferita è comunque Laura Antonelli che interpreta ruoli soft-sexy. Il sabato siamo comunque tenuti a frequentare le lezioni e i professori consapevoli che gli studenti andranno al cinema, nel calendario scolastico di quel giorno hanno inserito le lezioni di italiano e matematica, perché gli studenti del liceo artistico le ritengono materie secondarie, tant'è che il libro di matematica lo vendo ancor prima che cominci l'anno scolastico. Lo acquisto perché percepisco il buono libro, poi con la rivendita racimolo un po' di denaro che mi permetterà di comprare materiali per il disegno.

C'è una grande libertà in questo liceo, siamo artisti, quindi ci riteniamo molto liberi. Alcuni portano il cappello, altri camicie a fiori, molti sono di tendenza hippy. Io e il mio gruppetto di amici siamo abbastanza ordinari nel senso più positivo del termine. Non ci piace essere anticonformisti per partito preso.

Per protesta contro i metodi della preside, gli studenti hanno occupato la scuola per più di un mese. Dopo nove mesi sono nati alcuni bambini, quelli che poi abbiamo chiamato 'figli della rivoluzione'.

Con gli emoderivati la mia vita ha subìto un mutamento sostanziale, sembro impazzito. Non torno più a casa, trascorro intere giornate fuori e finalmente posso dimostrare a me stesso cosa sono capace di fare. Il mio impegno sociale è incessante e ho sempre idee nuove da realizzare.

Mi sento in grado di fare qualunque cosa e, soprattutto, mi sento vivo.

Do libero sfogo ai miei ideali, a tutte le cose che avevo solo immaginato di fare quando ero costretto a letto e che pensavo non avrei mai potuto fare. Voglio aiutare gli altri ed essere propositivo.

Don Antonio Alaggia proviene da Mongiana. È un sacerdote venuto a Riace per organizzare il santuario. Trascorre molto tempo con noi giovani e organizza una miriade di attività ricreative: non sta mai con le mani in mano. Non è il classico prete distaccato dalla comunità, si immerge all'interno di essa molto più di quanto non riusciamo a farlo noi. Per molti anni è stato per me come un fratello maggiore.

Don Antonio crea il circolo culturale Corrado Alvaro, un centro che propone diverse iniziative. Una di queste riceve grande consenso da parte dei paesani: si tratta del cinema delle San Paoline suore di Catanzaro che ci affittano le bobine dei film. Egli ha procurato un proiettore e all'interno di una stanza, adibita all'uopo, trasmettiamo film e mettiamo in scena opere teatrali.

Le nostre iniziative non si limitano semplicemente ad attività di diporto. La domenica, dopo la messa, ci rechiamo in un centro vicino dove vivono diversi ragazzi affetti da paresi totale o parziale o con gravi difficoltà motorie. Noi li aiutiamo, portiamo loro dei doni e facciamo amicizia, trascorrendo con loro il resto della giornata. Creiamo inoltre una vera e propria squadra di calcio dilettantistica, con tanto di settore giovanile, con l'intento di togliere i ragazzi dalla strada e riunire i tre comuni limitrofi: Camini, Stignano e Placanica, superando antichi pregiudizi.

L'attivismo di Don Antonio, purtroppo, non è gradito a tutti ed è scomodo ad alcuni politici. Riceve diverse minacce, fino al momento nel quale viene trasferito altrove.

Con la sua partenza assumo io le sue veci cercando di portare avanti la grande opera che insieme a pochi altri abbiamo cercato di costruire. Ma io sono un combattente guidato dal desiderio di fare del bene e non ho certamente il carisma e l'eloquio di un sacerdote come Don Antonio.

La politica in anni precedenti ha creato un vero e proprio scompiglio all'interno del paese ed è stata in grado di dividere intere famiglie che non erano della stessa posizione. Memore dei fatti accaduti in passato, ho dichiarato il nostro circolo apartitico e apolitico, ma non è stato sufficiente.

Questi sono gli unici cinque anni che posso definire 'normali'.

Non sento dolori alle gambe e non ho più molte emorragie. Non sono guarito, ma quando sento giungere il problema, è sufficiente un'iniezione per farlo regredire.

In questo periodo mi diletto come corrispondente per Radio 102, sita a Locri. Ogni mattina telefono al direttore Pietro Melia per dare la notizia del giorno che viene poi trasmessa sul programma quotidiano delle news; inoltre creo e gestisco una sala giochi. Conosco un professore di musica, un precario che ha difficoltà a diventare di ruolo e per quanto faccia, pur essendo molto bravo, non ne viene a capo. Desidera insegnare ai ragazzi, quindi gli ho offerto la mia casa come punto di appoggio e con i suoi dodici allievi riusciamo persino a creare una banda musicale.

Sono iperattivo, vorrei fare tutto come se dovessi recuperare il tempo perduto, sono talmente operoso da risultare talvolta sconsiderato.

L'innovazione e il voler migliorare le condizioni del paese non sono attività gradite a tutti. Per alcuni, per questioni politiche ed economiche, tali attività sono ritenute scomode, per questo motivo una notte ricevo una fucilata intimidatoria che frantuma il parabrezza della mia auto parcheggiata nel cortiletto di casa.

Gli anni del liceo sono spensierati e pieni di vita. Posso affermare di aver cominciato a vivere veramente in questo periodo, sufficientemente libero dai miei problemi fisici pur con tutte le mie problematiche adolescenziali.

Nel '78 mi diplomo a pieni voti e Bruno, un compagno del liceo, desidera iscriversi alla facoltà di architettura proprio a Milano.

Ha pianificato tutto. Ha trovato casa ancor prima dell'esame e si è iscritto all'università. Ha già la valigia pronta e non vede l'ora di partire. Lo accompagno alla stazione di Siderno per salutarlo. Ci sediamo sulla panchina e parliamo un po' in attesa che arrivi il treno.

Gli racconto le mie perplessità, gli accenno della mia malattia, del mio grande desiderio di partire e gli dico: – *Ti invidio sai? In questo momento vorrei essere al tuo posto.*

Bruno mi guarda con aria interrogativa, come se non comprendesse appieno la mia affermazione e risponde: – *Fra', che problema c'è? Vieni con me.*

– *Ma se non ho nemmeno i soldi per comprarmi il biglietto del viaggio.*

– *Non preoccuparti per quelli, te li presto io. Me li restituirai quando potrai.*

– *Ma io ho mia nonna.*

– *Tua nonna capirà.*

In questo momento, una marea di pensieri affolla la mia mente. Il dubbio, l'incertezza, il desiderio di realizzare un sogno. Mille domande in pochi secondi.

Penso a Milano, al Centro Emofilia più importante d'Italia, all'arte, all'Inter la mia squadra del cuore, agli amici della fanciullezza che sono già partiti molti anni prima.

Poi penso a mia madre, a Memma che spero un giorno di rivedere, al mio amore per lei e a nonna Mela che non ha nessuno all'infuori di me e lasciarla sola sarebbe un po' come tradirla. Ma il problema più grande rimane l'emofilia. Se mi sentissi male, non avrei nessuno.

Forse ha ragione il mio amico. Forse mi faccio troppi problemi. Sì, posso saltare su quel treno e lasciarmi tutto alle spalle.

Forse...

Salgo tre gradini del vagone, nel frattempo dai finestrini i viaggiatori infilano pacchi di cartone e valigie, bambini urlanti, madri vestite di nero che salutano i figli in partenza e Bruno che incalza: – *Dai Fra' sali, andiamo via.*

La paura prende il sopravvento sull'enorme desiderio di partire.

Arretro. Le porte si chiudono, il capostazione suona il fischietto e il treno parte.

I piedi s'incollano al marciapiede mi sento prigioniero dei miei timori, della mia vita e della mia stessa malattia. È come se mi fossi giocato il futuro e questo si è allontanato da me, come quel treno.

Ho avuto altre occasioni di partire per Milano. Occasioni perse per la malattia, per sfiducia, per isolamento, per un approccio psicologicamente sbagliato, ma di una cosa sono certo: non mi arrenderò mai e prima o poi ci arriverò anch'io.

Capitolo 24
Memma

Dopo il diploma, mi iscrivo alla facoltà di architettura a Reggio Calabria. È piuttosto distante da casa mia e non è possibile viaggiare tutti i giorni. Affitto una stanza presso una coppia di persone anziane e comincio la mia vita da universitario.

Le cose all'università sono molto diverse rispetto al liceo dove avevo molti amici. Molti degli studenti giungono dai paesi vicini e non c'è modo di intrattenere relazioni sociali al di fuori dalla scuola. Io arrivo al mattino, seguo le lezioni, faccio le revisioni e consumo i pasti nella mensa. Alcune mattine usciamo a gruppi per fare dei rilievi. L'altra mattina alle nove dovevamo ritrovarci a Bagnara Calabra, ridente cittadina di Reggio. È stato bello arrivarci con un pullman antico, costretto a fermarsi ogni cento metri per far salire donne della campagna abbigliate con abiti folcloristici.

Casualmente, al mio gruppo è stato assegnato il rilievo dell'edificio dove sono nate Loredana Bertè e Mia Martini. Questo genere di avvenimenti accade molto spesso.

Lontano da casa non mi trovo bene, sono sempre solo e io, della solitudine, mi sono stancato: nella mia vita ne ho vista troppa.

La goccia che ha fatto traboccare il vaso è accaduta poche

ore fa, mentre tornavo a casa dalla mensa. Dovevo passare attraverso un ponticello per una viuzza scarsamente illuminata, un percorso obbligato, non c'è altra strada. Camminavo lentamente come faccio di solito, quando una scarica di colpi di pistola mi ha fatto sobbalzare. Ho intuito subito cosa stava accadendo, mi sono riparato dietro un lampione, intravedendo una scena da film. Le sagome scure di due uomini, con il volto coperto dal passamontagna, a bordo di una moto e con le armi in pugno, sparavano all'impazzata. La moto si muoveva nervosamente e gli spari erano assordanti. I bagliori accecanti disturbavano la vista, ogni fibra del mio corpo era in tensione. Dopo aver scaricato decine di colpi i due malviventi si sono dati alla fuga, lasciandomi attimi di comprensibile smarrimento. Ho raccomandato a me stesso tutta la calma possibile. Mi sono fatto coraggio e ho affrettato il passo, percorrendo la discesa. Purtroppo dovevo andare proprio in quella direzione. In prossimità di piazza Carmine ho visto un'auto finita sul marciapiede, il clacson suonava ininterrottamente e, schiacciato contro il parabrezza, c'era il volto insanguinato di un uomo. L'ululare delle sirene si sentiva sempre più vicino e ho attraversato l'incrocio pochi istanti prima che arrivassero le auto della polizia irradiando la strada oscura con le luci blu.

Ho lasciato alle mie spalle la scena del delitto e mentre tornavo casa stordito e intimorito e mi sono chiesto se avevo fatto bene ad andarmene. Senza risposta mi sono rinchiuso nei miei pensieri.

Ora sono a casa, ma non riesco a liberarmi dalle immagini della scena alla quale ho assistito. Ripercorro nella mente l'episodio e i dubbi prendono forma, non sono certo di nulla, se non la sagoma di una motocicletta correre via a tutta velocità. Come posso fare? E se mi sbagliassi? Devo andare dalla polizia e parlare di ciò che ho visto?

Mi infilo il giaccone e mi preparo per uscire per andare alla stazione di polizia ma la mia attenzione si sposta sul piccolo televisore ancora acceso. I due malviventi sono stati subito intercettati dai carabinieri e arrestati.

Torno al paese per una visita medica di controllo. Sul treno mi siedo vicino al finestrino e ascolto la musica, guardo le colline bruciate dai recenti incendi e mi chiedo quanto può essere devastante la cattiveria umana. Mia nonna lo dice sempre: – *Figlio, ricordati che non c'è niente di più grande e sgradevole della cattiveria e dell'ipocrisia di certa gente.*

Una ragazza si siede accanto a me e lì per lì non la guardo in viso. Vedo soltanto la sua sagoma con la coda dell'occhio quando una voce familiare mi dice: – *Ciao Fra', cosa fai qui*?

– *Memma, ciao che bello. Credevo che non ci saremmo più rivisti* – rispondo con un poco d'imbarazzo per lo stupore. È sempre lei, mi appare solare ed è sempre più bella.

Memma mi racconta che sta lavorando per mettere da parte un po' di denaro per frequentare il corso di pittura all'accademia. È entusiasta di aver trovato il modo di realizzare il suo sogno.

Con infinita dolcezza sussurra: – *Fra', ci pensi? Potremmo studiare insieme* – poi aggiunge: – *E tu come ti trovi*? In questo momento non voglio smorzare la sua felicità informandola che non sto frequentando l'accademia.

Le prendo per la prima volta una sua mano tra le mie e le dico: – *Pensa Memma, che sono appena scampato a un incidente stradale. Stavo andando a Catanzaro per una partita. Ho appena preso la patente e l'altro giorno pioveva, avevo fretta, ho corso per raggiungere gli altri. Poi, buio completo. Mi ritrovo disteso sul bordo strada appena dopo Monasterace, completamente illeso. A venti metri da me c'era la mia auto capovolta, completamente distrutta.*

– *Meno male, è andata bene. Fra' stai attento e non correre con l'auto.*

La sua preoccupazione in un certo senso mi fa piacere, ma non sappiamo ciò che di qui a poco, gli intrecci e le casualità della vita ci riserveranno. Il nostro incontro è un fugace momento, ma sufficiente a sovvertire le mie priorità e già un'idea mi balena in testa.

Quando torno a casa continuo a pensarla e per giorni e giorni non penso ad altro che a lei. Dopo tutte le mie riflessioni, decido che le confesserò il mio amore. Non mi basta più soltanto pensarla. Le dirò tutto, quando fin dai tempi del liceo la guardavo di nascosto e rinchiuso nel mio amore platonico, mi inibivo anche nello sperare che lei mi notasse e provasse qualcosa per me al di là della semplice amicizia.

Alcuni giorni dopo cerco il mio caro amico Franco, compagno di mille avventure. Lo trovo alquanto avvilito e imbronciato.

– *Cosa ti succede Franco, hai perso la tua ironia*?

Con un tono di voce al quale non sono abituato risponde: – *Sono sempre stato deciso a non continuare gli studi dopo il liceo, ma lavoro non ce n'*è. *Siderno non offre grandi possibilità lavorative e vorrei continuare a studiare all'accademia.*

Con il sorriso sulle labbra gli racconto di Memma. Alla parola 'accademia' gli si illuminano gli occhi. Decidiamo di frequentarla insieme, ricostituendo almeno in parte il nostro piccolo gruppo del liceo. Sembra incredibile, ma in pochi giorni, di punto in bianco, sto per ritrovare i miei due migliori amici.

Negli anni successivi ho avuto modo di riflettere sulle scarse prospettive future di lavoro e mi sono pentito amaramente di non aver proseguito la strada universitaria.

Ogni giorno Franco sale alla stazione di Siderno, io gli tengo il posto accanto a me, perché partendo da Riace, salgo mezz'ora prima di lui e facciamo il resto del viaggio insieme. Il treno è carico di studenti pendolari e chi sale alle stazioni successive alle nostre, spesso è costretto a fare il viaggio in piedi.

Parliamo di musica e di sport, lui milanista e io interista, ci prendiamo un po' in giro a vicenda. Il calcio è il nostro quotidiano argomento di discussione.

Arriviamo a Reggio Calabria in fretta e furia, camminando a passo svelto verso l'accademia e sebbene io zoppichi, in questo periodo riesco a compiere lunghi percorsi. La prima tappa prima di entrare a scuola è la drogheria posta sul lato destro dell'edificio scolastico. Come nel paese delle meraviglie, entriamo nel mondo del profumo di mortadella. Tonno, prosciutti e formaggi non hanno più segreti per noi e il nostro atavico appetito viene in parte temporaneamente colmato. La drogheria mi ricorda il negozio di Donna Concetta, non tanto per la disposizione dei cesti e degli scaffali, quanto per i suoi deliziosi profumi.

Si ripete un frammento della storia felice del liceo. All'ora di pranzo ci mettiamo sul palchetto del teatro dove di lì a poco comincerà il nostro spettacolo: '*Lo show degli affamati*'.

Prendiamo il nostro filone di pane di circa ottanta centimetri, lo spezziamo a metà e il malcapitato panino viene letteralmente divorato. Mastichiamo fragorosamente e se non fossi troppo impegnato a mangiare di gusto, riderei a crepapelle tanto è il frastuono che riusciamo a produrre.

Pur servendomi degli emoderivati, talvolta sono costretto a diverse pause dalle lezioni per via della malattia, momenti nei quali mi è impossibile la frequenza. In queste occasioni, i lavori che comincio li lascio all'accademia per poi terminarli non appena rientro.

Ogni mio lavoro davvero bello, in mia assenza si volatilizza. Gli stessi li ritroverò poi camuffati fra i lavori di fine anno per i giudizi finali, in possesso di quei compagni la cui frequenza è stata a dir poco saltuaria e limitata a un giro di curiosità. Bellimbusti che si danno molte arie, i classici 'figli di papà'. Alcuni arrivano alle undici e, dopo un breve giro, vanno via.

Mi chiedo come potranno superare gli esami. Avrò modo di accorgermi a mie spese che alla fine dei quattro anni, tutti loro ottengono l'accesso agli esami finali, tranne il sottoscritto, silurato per la mia spiccata personalità poco propensa alla sottomissione e alla corruzione.

Il pomeriggio abbiamo alcune lezioni, per lo più teoriche al termine delle quali si va alla stazione e, vinti dalla stanchezza, ci accasciamo sui sedili del treno.

Trascorrono i mesi, ma Memma non si vede. Io e Franco ci chiediamo se abbia cambiato idea, ma non sappiamo nulla di certo. I nostri viaggi in treno durano diverse ore fra andata e ritorno e ogni volta gli dico che la incontreremo.

Ogni giorno aspetto con ansia di vederla spuntare in una stradina di Reggio oppure alla stazione. Mi guardo intorno nella speranza di scorgerla in qualche angolo o in mezzo a un gruppo. Sono ansioso di rivederla per dichiararle il mio amore. Talvolta mi capita di vedere qualche ragazza che le somiglia e in quei momenti il mio cuore balza al petto, per poi rendermi conto nell'attimo successivo che non si tratta di lei.

Sono deluso e amareggiato e non mi spiego il motivo della sua assenza. Avrà cambiato idea? Forse ha trovato un buon lavoro o magari si è trasferita altrove?

Queste e altre domande frullano nella mia mente.

La sera sulla via del ritorno a casa dall'accademia, il treno è più lento. Impiega quasi quattro ore a compiere il mio tragitto. È il treno degli emigrati. A ogni stazione si ferma e trascorre un quarto d'ora prima che i viaggiatori salgano e carichino tutti i bagagli.

Questa sera sono solo, Franco oggi era assente. Alla stazione di Bianco sale una famiglia nel mio scompartimento: madre, padre e due ragazzini pestiferi riempiono lo scompartimento con pacchi di cartone e valigie. Io arretro sul mio sedile e loro continuano ad aggiungere bagagli, fino a che non c'è più neanche un centimetro libero. Accaldati si siedono e pochi minuti dopo, sento un liquido vischioso gocciolarmi proprio sulla testa. Alzo lo sguardo e vedo che il pacco dell'olio si è bucato e goccia dopo goccia cola sui miei capelli, impiastricciandomi con una lozione non desiderata. Mi alzo e vado nel corridoio affollato per dar loro modo di sistemare meglio il bagaglio. Quando finiscono, la madre, una signora in carne ben piazzata, apre una borsa ed estrae ogni ben di Dio: sott'aceti, soppressate, olive sott'olio, provola e salumi.

Il marito, un signore brizzolato sulla quarantina, si rivolge a me con aria gentile ma che non permette alcun diniego e dice: – *Prego, favorisca pure.*

Non ho alcuna intenzione di sporcarmi con tutto quell'olio anche se il cibo sembra davvero appetitoso e con pudore declino l'offerta. Lui acciglia leggermente lo sguardo e intima con benevolenza: – *Guardi che dalle nostre parti è un'offesa rifiutare il cibo.*

– *No, per carità, non voglio offendere nessuno, mangio.*

Mangio insieme all'allegra famigliola sbalordito dal calore familiare che emanano.

Siamo orami a inizio dicembre e mi reco a Siderno per alcune commissioni. Iniziano a esserci i primi sentori del Natale imminente e già pregusto il periodo di vacanza. Incontro casualmente Luisa, una compagna del liceo.

Dopo un breve saluto di circostanza mi dice: – *Sai cosa è successo Fra'? La nostra amica Memma è morta in un incidente stradale.*

Il mio cuore per un attimo si arresta. I miei pensieri si annebbiano, incredulo cerco di capire se mi sta prendendo in giro, ma non è una cosa sulla quale si può scherzare. Provo la stessa sensazione di una doccia gelata. La mia realtà muta all'improvviso e nulla mi sembra più come prima. Allo stupore iniziale segue una dolorosa fitta allo stomaco. Mi devo sedere sul marciapiede della strada per metabolizzare la notizia. Ripenso alle parole che mi disse pochi mesi prima: – *...Fra', stai attento e non correre con l'auto* – gli occhi mi si velano e fatico a deglutire.

– *È successo al semaforo di Gioiosa Marina, ha avuto un incidente d'auto ed è morta sul colpo.*

La mia amica continua a raccontarmi, ma ormai non sento più la sua voce. Raccolgo le forze e chiedo: – *Luisa, sai dove l'hanno sepolta?* – lei mi porge la mano, mi rialzo e risponde: – *Si trova ad Ardore, prendo l'auto e ti accompagno.*

Mi conduce al cimitero dinnanzi alla sua tomba. Mi stringo nella giacca, un tremito invade il mio corpo ma non è per il freddo. Cerco di consolarmi recitando una preghiera, ma le immagini dei ricordi si accavallano nella mia mente. Luisa mi lascia solo e saluto il mio amore per l'ultima volta.

– *Memma, perdonami. Non ho potuto dirti nulla. Non ho fatto in tempo. Non sono stato capace. Avrei dovuto dirti che ti amavo molto tempo fa. Ora è troppo tardi.*

Guardo la tomba, poi gli occhi scivolano sulla foto, bella e sorridente come la ricordavo. Ho troppo poco tempo per poter ripercorrere i tanti giorni trascorsi insieme. Vorrei piangere, far uscire tutto l'amaro che sento scorrere dentro, ma non mi capacito. Il mio continuo senso di solitudine mi attanaglia e inizio a sentirmi sempre più triste, sapendo che lei non c'è più.

La rosa fra le mie mani si sta intirizzendo e un petalo cade a terra portandosi via tutte le mie speranze.

Esco dal cancello, dinanzi ho le incognite del futuro, dietro una gioia del passato che si allontana.

Cammino vagando per le strade per molto tempo.

L'ho cercata a lungo nei volti di altre ragazze nell'impossibile speranza di rivederla una volta ancora.

Capitolo 25
I Bronzi di Riace

Siamo nel 1980, i Bronzi di Riace, dopo un lungo restauro a Firenze, tornano in Calabria al Museo Nazionale della Magna Grecia di Reggio Calabria, vicino all'accademia di belle arti che frequento.

Otto anni fa nel nostro piccolo paese c'è stato un evento che avrebbe potuto cambiare le sorti di quella che era stata Riace fino a quel momento.

Nell'agosto del 1972, a Riace Marina, portano alla luce dal fondo del mare le statue in bronzo, denominate appunto i 'Bronzi di Riace'.

Decido di cogliere l'opportunità che mi si presenta. Li riprodurrò in scala, al fine di crearne dei gadget da rivendere. Mi appassiona qualsiasi forma d'arte, ma in questo periodo mi cimento in particolar modo nella scultura.

Ogni giorno mi reco al museo a osservare i Bronzi e cerco di imprimere nella mia mente ogni particolare: i muscoli, le venature, i tratti dei visi, il tutto allo scopo di riprodurre copie fedeli. Non ho macchine fotografiche, quindi devo ingegnarmi, fotografare con la mente e ricordare. Non ho mezzi né denaro per acquistare i materiali, peraltro non mi è permesso portare in casa la creta.

Su lato destro della scuola c'è il negozio di generi alimentari che io e Franco frequentiamo quotidianamente. Acquistiamo la nostra pagnotta di pane gigantesca, una sorta di sfilatino, e la farciamo con ogni ben di Dio. A pranzo la dividiamo come buoni fratelli e per noi è un pasto luculliano. Fra una pagnotta e l'altra, mangiando la provola ho un'idea geniale: la paraffina.

Il materiale di scarto della provola è la paraffina, malleabile e modellabile, chiedo quindi alla proprietaria del negozio se me la può regalare. Lei non fa alcuna obiezione e, quando andiamo ad acquistare la nostra pagnotta, prendo il materiale che occorre per il mio progetto senza alcun costo aggiuntivo. Quando ne ho accumulato a sufficienza, inizio a lavorare. La riscaldo tra le mani e ogni giorno aggiungo un particolare. All'uscita dall'accademia vado a osservare i Bronzi al museo, torno a casa e li riproduco, fino al momento nel quale, finalmente, termino le mie opere. Ogni statua ha il suo modellino riprodotto in scala e devo ammettere che sono venuti piuttosto bene. Sono molto soddisfatto del mio lavoro, voluto e creato con le mie mani.

La fase successiva, la più difficile, è la commercializzazione. Occorre fare il calco dopodiché duplicarli in resina o altro materiale e poi rivenderli.

Purtroppo non ho conoscenze e come al solito niente denaro. Mi ritrovo sempre allo stesso punto, tante idee ma nulla di più. L'unica cosa da fare è quella di andare dal sindaco di Riace. Gli propongo un buon business. Io terrei soltanto una piccola percentuale del ricavo delle vendite e il resto andrebbe al paese e alle opere comuni. Ma lui non coglie la palla al balzo, ha altri progetti che poi non realizzerà e il mio lavoro rimane senza seguito alcuno.

Successivamente il mercato sarà invaso da migliaia di gadget e statuine dei Bronzi di pessima fattura, prodotti da ditte straniere.

Capitolo 26
I fuochi fatui

Tutto inizia con una storia di fantasmi e una scommessa.

Siamo un gruppo di amici al bar e passiamo la serata a giocare a carte e a deriderci l'un l'altro sul calcio. Alcuni cominciano a narrare storie di fantasmi accadute in paese. Qualcuno credulone rimane impressionato, altri sghignazzano convinti che si tratti di fandonie. Uno dei miei amici racconta di un episodio accaduto nel cimitero di Riace e narra di una tomba dalla quale si innalza una signora con un candido e luminoso vestito bianco, perché sembra vi sia stata sepolta viva. A mia volta riporto i racconti di Violante ascoltati da bambino, origine della mia paura e racconto del fantasma del frate Leonardo che si aggirava dentro e fuori la chiesa dello Spirito Santo.

Nasce una discussione su chi tra di noi sia più coraggioso e abbia l'audacia di entrare di notte dentro il camposanto. Ho letto da qualche parte che le paure si sconfiggono affrontandole, pertanto quale miglior occasione di questa?

Accetto la sfida. Infilo il mio giubbotto perché la temperatura notturna è rigida. Accompagnato dagli amici fin alla piazza del Ponte sparisco alla vista degli altri che attendono il mio ritorno. Entro nel cimitero e con inquietudine mi avvicino al sepolcro. Per dimostrare di essere davvero entrato devo accendere una candela rossa sulla tomba designata, regalataci dal barista. Faccio un ultimo passo per avvicinarmi, ma sento un battito alle mie spalle. Dovrei urlare per lo spavento, ma la voce mi si smorza in gola.

Qualcuno sta trattenendo il mio giubbotto, impedendomi di muovermi. Impietrito, ho i muscoli completamente paralizzati. Riesco a muovere solo gli occhi e, benché la notte sia tenebrosa e senza luna, posso ancora intravedere qualcosa.

Da una tomba esce una fiammella blu. Si dice che sia l'anima che fuoriesce libera.

Sudo freddo, il cuore accelera e l'istinto è quello di darmi alla fuga a gambe levate. La defunta, dal profondo delle viscere della terra, forse si sta ribellando per punirmi.

La paura è troppo forte. Tremante nel mio giubbotto grigio sento ancora un verso profondo e gutturale che solo il fantasma può aver fatto. In preda alla mia fobia rimango immobile.

Passano alcuni lunghi minuti ma non accade nulla.

Mi faccio forza e decido di vedere cosa succede dietro di me. Mi giro lentamente verso la piccola cappella, spalanco gli occhi nel buio e vedo su un albero di cipresso vicino alla tomba, un gufo che lancia il suo verso cupo. Sollevato dall'inaspettata scoperta, mi ritraggo istintivamente urtando uno spinoso rampicante e mi accorgo che un lembo del giubbotto è rimasto impigliato in una pianta di roseto che poco prima mi impediva di muovermi.

Passato il terrore, realizzo che la fiammella blu non è altro che il cosiddetto 'fuoco fatuo', un gas altamente infiammabile che fuoriesce dalle tombe, dovuto alla decomposizione dei corpi.

Sorrido di fronte alla mia precedente credulità e a quella dei miei amici, ostinati a voler credere a tutti i costi a fantasmi o maledizioni.

Comincio a nutrire molti dubbi sul soprannaturale e a credere sempre di più nella natura e nella scienza.

Accendo la lanterna arrugginita e, pensando all'espressione sul volto dei miei amici nel vedermi tornare intero, esco sollevato dal cimitero e libero dalle mie paure.

Capitolo 27
Un capodanno da ricordare

Per capodanno la mia incoscienza ha raggiunto l'apice.

Abbiamo a disposizione una casa dove approntiamo la festa. Siamo una decina di giovani. Ognuno di noi deve portare cibo o bevande.

Io e Tonino abbiamo il compito di andare a Gioiosa per acquistare gli alcolici che ci serviranno per questa sera.

Saliamo a bordo della Fiat 128 di Tonino, malridotta all'inverosimile. La poverina è talmente sgangherata da avere il pavimento sfondato, tanto che per non toccare la strada con i piedi sono costretto ad appendermi alle maniglie superiori. Credo che l'unica parte sana di quest'auto siano le ruote.

Dopo i nostri acquisti torniamo in paese, ma il tempo non è dei migliori. Comincia a piovere violentemente e il fragore dei tuoni sconquassa i timpani. Rimaniamo senza corrente e purtroppo, come da prassi, non tornerà che fra molte ore.

Ognuno torna a casa propria e io mi metto a dormire ma mentre sto per prendere sonno, la corrente torna. Me ne accorgo perché si accende una luce nella camera accanto. Mi rivesto in tutta fretta e corro da Cosimo, il proprietario della casa che ci ospiterà.

Fuori il gelo imperversa, lo sento nelle ossa, ma chi mi può fermare? Non sarà certo un po' di freddo a impedirmi di trascorrere un fantastico capodanno.

Da Cosimo sono già tutti riuniti e io penso a quanto sia bello poter condividere qualcosa di normale, a quanto mi sento sereno e a quanto sono in grado di apprezzare le piccole cose, forse più di tutti qui dentro, anche la minima banalità come preparare una cena fra amici.

Fra il cibo, gli scherzi e le risate trascorriamo il tempo in attesa della mezzanotte.

Beviamo molto e io bevo una grande quantità di alcolici, molto più di quanto sia necessario con un conseguente effetto facilmente immaginabile. Fortunatamente la mia è una sbornia allegra e non violenta come quelle di mio padre.

Rido come un matto. I ragazzi fanno ogni genere di scherzo e versano lo zucchero a velo del pandoro sui miei capelli ricci. Per proteggermi faccio uno scatto all'indietro e con violenza urto il capo contro un armadio con l'anta in vetro. I pezzi si spargono ovunque ma stranamente non subisco alcuna conseguenza, anzi continuo a ridere come nulla fosse.

Improvvisiamo una banda musicale fatta di pentole e coperchi e passiamo di casa in casa facendo un frastuono infernale. Marciamo per il paese suonando i campanelli per scappare subito dopo. Quando qualcuno apre la porta, ci guarda e ride per quanto siamo mal combinati e ci offre nuovamente da bere.

Trascorriamo così l'intera notte e alle prime luci dell'alba facciamo ritorno nelle nostre case.

Il mondo intorno a me ruota vorticosamente e anziché entrare dalla porta d'entrata chiusa a chiave sono costretto a infilarmi nella finestra del bagno. Entro in casa facendo attenzione a non svegliare nessuno. Se mia madre mi vedesse in queste condizioni, succederebbe il finimondo.

È stata una serata memorabile. Mi butto sul letto vestito di tutto punto, non sono in grado nemmeno di spogliarmi.

Ho la sensazione di immettermi in un vortice e sprofondare all'interno del materasso.

Chiudo gli occhi e felice, mi addormento.

Capitolo 28
L'ultima giornata nell'orto

Oggi, il vento freddo sferza sul viso con prepotenza e s'intravede un principio di neve. Decido di andare a trovare nonna Mela. È dolce quando mi accarezza il volto e oggi mi dice per l'ennesima volta che non riuscirà a vedermi sposato perché morirà prima. Le dico: – *Dai nonna, smettila di dire queste cose, ma dov'è il nonno?* – e lei risponde: – *È uscito a comprare il pane, tornerà fra poco.*

Discorriamo serenamente. Mentre la nonna mi prepara il caffè sentiamo un urlo provenire dalla strada: – *Comare Mela, comare Mela, venite compare Franci è morto.*

Nonna Mela si raggela, entra immediatamente in uno stato catatonico con lo sguardo fisso, immobile, incapace di proferire parola. Nel mio cuore sento aprirsi una voragine, non posso crederci. Cerco di sostenere la mia povera nonna, ma io stesso non mi reggo in piedi. Trascorrono alcuni minuti dopodiché dice: – *Glielo avevo detto che faceva troppo freddo per andare all'orto* – conclude tristemente.

Lo troviamo riverso, seduto sui gradini della nostra casa in costruzione, nel suo adorato orticello accanto alle sue amate piante. In mano ha il sacchetto delle sementi e una confezione di colori. Dentro di me scorre un fiume di lacrime. Vorrei gridare: – *Nonno, non dovevi morire! Ora non ho più un padre.*

Comincia il viavai di persone in casa dei miei nonni. Arrivano tutti, compreso mio padre nella sua ipocrisia. Lui al nonno non parlava da anni. È riuscito a far morire quel grande uomo di suo padre senza nemmeno salutarlo un'ultima volta.

La nonna rimane in silenzio, chiusa nel suo dolore. È piccola di statura, ma in questo momento si erge in tutta la sua dignità. Non urla come solitamente fanno le donne del paese né si dispera. Rimane accanto a me tenendomi la mano e piangendo le sue lacrime silenziose.

L'evento mi lascia inerme, ma devo farmi forza per la nonna. Da questo momento in poi siamo solo io e lei.

Capitolo 29
Graziella

La nonna dopo tanti litigi con i miei genitori, è costretta a lasciare la sua casa e va a vivere con la figlia, mia zia Caterina. Dalla morte del nonno è molto fragile e indifesa, patisce il fatto di essere incolpata di non essere imparziale nei confronti dei suoi figli, ma la rattrista in particolar modo il fatto che nessuno vada mai a farle visita.

Ieri sono andato a trovarla e l'ho vista in un angolo della stanza, aveva il volto triste e dondolava su sé stessa. Con occhi lucidi di lacrime trattenute, la povera donna era al colmo della sofferenza. Non mi è venuta incontro come fa sempre. Per come conosco nonna Mela, mai si sarebbe fatta trovare in quello stato. Quando l'ho vista ho pensato che non stesse bene, quindi mi sono avvicinato e le ho chiesto: – *Nonna come stai? Non ti senti bene?*

– *Niente figlio mio, non ho nulla, non preoccuparti per me.*

Un attimo di silenzio, poi non sostenendo più quella pena mi confida soltanto che è stata rimproverata. Non mi dice il motivo ma nei suoi occhi leggo un dolore incolmabile, la disperazione di chi non ha più nulla da perdere. Volge lo sguardo velato da immensa tristezza verso il davanzale e mi dice: – *Figlio mio, io mi butto da quella finestra.*

Non l'ho mai vista così né voglio sapere il motivo per il quale si trova in questa condizione, so soltanto che devo portarla via da lì. La voglio accanto a me per starle vicino e aiutarla a superare il suo dolore.

Parlo con mia madre e faccio di tutto per convincerla a tenere con noi la nonna. Mio padre si convince grazie all'intercessione della nipote. Tanto ho fatto che alla fine sono riuscito nel mio intento.

Abbiamo tante stanze nella nostra abitazione e possiamo tranquillamente ospitarla in una di esse, ma i miei genitori non vogliono tenerla in casa. Accettano di prenderla con noi, a patto che stia nel magazzino.

L'entrata della nuova abitazione della nonna è costituita da una pesante porta di ferro, atta a far veicolare i mezzi di trasporto; le finestre sono grosse fessure nel muro attraverso le quali filtra la luce, senza vetri di protezione. Un piccolo letto, un comodino e un comò sono l'intero arredamento di questa misera dimora, il resto della stanza è spoglio e desolato. Nei rigidi inverni calabresi, la povera nonna è costretta a rimanere all'addiaccio, infreddolita e senza alcuna possibilità di riscaldarsi.

Nessuno le fa visita, soltanto mia madre che a pranzo e a cena le porta un tozzo di pane, dell'acqua e una fetta di carne o un pezzo di frittata, esattamente come faceva con me quando piccolo e inerme ero costretto a letto a causa della mia malattia. Mio padre non si ferma mai, tira dritto davanti alla porta di sua madre e lei riceve qualche visita da mia zia Caterina, sorella di mio padre, soltanto a Natale, per il resto dell'anno mia madre glielo impedisce.

Quando non è freddo, si siede davanti al portone con lo sguardo malinconico come un cagnolino legato alla catena. Io mi siedo con lei e facciamo lunghe chiacchierate. Sono l'unico essere vivente con il quale può parlare.

Nel frattempo cerco occasioni di lavoro e per guadagnare

un po' di denaro mi catapulto in mille attività diverse. Organizzo in una vecchia biblioteca in centro al paese, una sala giochi dedicata in particolare ai giovani. Affitto qualche gioco elettronico, un biliardino, un flipper e un juke-box e non appena ho un po' di tempo libero lo dedico alla mia attività.

La nuova iniziativa, lo studio e le amicizie mi impegnano molto e il mio tempo è limitato, quindi dirado le visite alla nonna. Questo sarà poi il mio cruccio perenne, non mi perdonerò mai di averla lasciata sola a sé stessa.

Questo pomeriggio ho voglia di ascoltare un po' di musica, mi siedo da solo cavalcando il muretto davanti la mia sala giochi e dal juke-box giungono forti le note di '*Sogno nella galleria*' di Franco Simone.

Una ragazza bellissima, con il viso dai tratti botticelliani incorniciato da luminosi capelli biondi, attrae la mia attenzione. È intenta a selezionare una nuova canzone nel juke-box e quando si accorge di non avere il gettone, mi chiede: – *Scusa hai da cambiare cinquecento lire?* – mi avvicino e inserisco il mio gettone e le chiedo: – *Che canzone vuoi?* – mi ringrazia con uno splendido sorriso e pensandoci un attimo risponde: – *Vorrei sentire: 'Dimmelo tu cos'è' di Antonello Venditti.*

La mattina, con il bel tempo, quando non vado a scuola, mi metto all'aria aperta a dipingere. Armato di tela, cavalletto e pennello trascorro le ore intento a disegnare e quando vedo lei, perdo immediatamente la concentrazione.

La ragazza del juke-box abita vicino a casa mia.

È affaccendata e stende i panni. Mi perdo a osservarla, incapace di distogliere lo sguardo. Quello che provo in questo momento è un sentimento di rinascita, di risveglio, una sensazione di leggerezza e al contempo un'incredibile euforia. È la prima volta che provo un'attrazione così sconvolgente dopo la morte di Memma. Ormai sono passati quasi quattro anni e in tutto questo periodo non ho voluto rivolgere lo sguardo a nessuna ragazza, né all'accademia né al mio paese. Ora, ogni volta che posso, con la scusa di dipingere vado nel mio giardino a guardarla.

Lei è sempre indaffarata, una gran lavoratrice. Non sta mai ferma: lava, stende e si occupa dei nipoti più piccoli. Vengo a sapere che Graziella, così si chiama la donna dei miei sogni, non è fidanzata.

Dipingo un quadro che ritrae una Madonna bellissima, ispirandomi alle fattezze della mia amata.

A causa della mia condizione di salute, non ho alcuna intenzione di sposarmi o fidanzarmi, mi basta guardarla come qualcosa di irraggiungibile, come un desiderio che non si realizzerà mai. È il mio terzo amore, che rimarrà platonico come i precedenti.

Ma la storia questa volta, prende una piega diversa.

In occasione del compimento dei miei venticinque anni, mia madre, come ormai avviene da qualche anno, sostenuta da mio cugino Nicola, mi fa pressione dicendo che è tempo di fidanzarmi e che non devo essere un fallito. A nulla valgono le mie rimostranze sulla malattia e sulla mancanza di lavoro, mia madre dice che non dovrò preoccuparmi di nulla perché mi aiuterà lei.

Mi elencano tutte le ragazze disponibili nel paese, ma a me non interessa nessuna, fino a che non fanno il nome di Graziella.

Dico che non sono interessato ma il tono della mia voce e la luce nei miei occhi mi tradiscono. Sono come un libro aperto su questi argomenti e comprendono subito il mio interesse per lei.

Nicola conosce bene la famiglia di Graziella e, a mia insaputa, va a parlare con i suoi genitori. Mia madre mi riferisce che, se desidero Graziella, dovrò trovare il sistema per conoscerla meglio prima di presentarmi a casa dei suoi genitori che a quanto pare, avrebbero dato a mio cugino il loro benestare.

Ora, ogni qualvolta mi appresto ad aprire la sala giochi,

metto la musica a tutto volume, sperando che lei da casa sua possa sentirla e quindi venire da me. Con mio stupore ieri pomeriggio è arrivata e ho avuto l'impressione che ricambiasse i miei sguardi.

Oggi sono intento a pranzare e mia madre mi informa che Graziella è appena uscita di casa e se le voglio parlare, questo è il momento adatto.

In realtà non ho bisogno di questa occasione, ma queste parole fanno scattare la molla e dico: – *Questa volta vado, che vada come deve andare* – lascio il mio piatto ancora intatto, prendo l'automobile, una sgangherata Fiat 126, e apro di corsa la sala giochi prima che lei arrivi.

Quando la vedo, il cuore mi batte talmente forte che temo che qualcuno lo possa sentire. Mi appare in tutta la sua bellezza e il suo nome è decisamente appropriato per la grazia che emana.

Non so come cominciare e nemmeno cosa le dirò, anche se tutto sommato, è come se ci conoscessimo da sempre.

– *Ciao Graziella, possiamo parlare un po'*?

Lei mi guarda come se stesse aspettando un mio cenno e risponde: – *Sì, certo* – arrossendo leggermente.

Ansiosa di ascoltare cosa ho da dire si siede sul juke-box. La osservo qualche istante poi le dico: – *Grazia, vorrei dirti che...* – poi mi blocco e abbasso lo sguardo. Davanti al mio imbarazzo lei sorride: – *So cosa vuoi dirmi.*

Traggo un immenso e profondo sospiro di sollievo. Prendo la sua mano, la tengo stretta tra le mie e trovo finalmente il coraggio di dirle: – *Mi sono accorto che ogni tuo sorriso mi fa emozionare e ho il batticuore. Ho perso la testa per te. Tu sei il sogno mio più grande, e credo proprio che tutto il resto non abbia senso senza di te. Grazia, ti amo.*

La sento tremare e questa volta è lei a emozionarsi. Mi butta le braccia al collo e stringendomi sussurra all'orecchio le parole più belle: – *Anch'io ti amo.*

Le mie mani nei suoi soffici capelli trasmettono il mio sentimento e comprendo che siamo uniti da una potentissima magia d'amore. Mentre sta per allontanarsi, la prendo per un polso e l'attiro verso di me lasciandomi trasportare da un unico tenero bacio. Un solo bacio, ma è bellissimo.

Siamo anime affini e la sensazione di completezza che provo con lei mi fa stare bene, mi sento a mio agio e lei mi ammalia con la sua innata dolcezza.

Ci frequentiamo per un po' di tempo fino a che non arriva il momento di chiedere la mano ai suoi genitori.

Come da copione, i genitori acconsentono al fidanzamento ma mia suocera è categorica sulla durata: non si dovrà prolungare oltre dodici mesi al termine dei quali dovremo sposarci. Da quel momento, sancito il fidanzamento, nascono una serie di incomprensioni e litigi fra le nostre famiglie, in particolare fra le due consuocere le quali non riescono a mettersi d'accordo nemmeno sulla data della festa di fidanzamento, tant'è che siamo costretti a farne due, una a casa mia e una a casa di Graziella.

La festa a casa mia si rivela un mezzo disastro.

Alcuni miei parenti fanno capannello criticando e spettegolando. Al momento non riesco a capire tali comportamenti, solo successivamente, dopo innumerevoli episodi, capirò che si trattava semplicemente d'invidia. Durante la mia dolorosa infanzia non si è mai manifestata, ma ora che provo a costruire qualcosa per la mia vita, la cosa da fastidio. Incredibile, c'è qualcuno che riesce persino a provare invidia per me.

Un invitato si presenta ubriaco e mia madre vedendolo in quello stato lo manda via. Nel frattempo io vado a prendere i miei suoceri, che si rifiutano di partecipare. Se non si presentano, non si presenta nemmeno Graziella e fare una festa di fidanzamento senza la fidanzata, non è proprio il caso. Mentre mi reco a casa loro, incontro il paesano ubriaco, il quale mi minaccia con un coltello a causa dell'avvenimento del quale sono del tutto ignaro, urlandomi che appartengo a una famiglia senza rispetto.

Fortunatamente riesco a convincere almeno mia suocera a intervenire e la prima di una lunga serie di farse ha inizio.

Per racimolare un po' di denaro in vista del matrimonio, nell'agosto successivo, tre mesi dopo il mio fidanzamento, organizzo una sorta di spaccio nella sala giochi in occasione della festa di San Cosimo e San Damiano, giorni nei quali, come consuetudine, giungono moltissimi pellegrini e fedeli. Prendo in prestito alcuni frigoriferi e li riempio di bibite e gelati per poterli poi rivendere in modo da guadagnare qualcosa. Avrei preferito di gran lunga andare alla festa con la mia fidanzata, vedere i cantanti, le bancarelle e le luci, ma io e Graziella facciamo questo sacrificio e restiamo nel locale a vendere le bibite.

Mio suocero si offre di sostituire uno dei figli a cui avevo chiesto di lavorare con me e che, a festa iniziata, non si era fatto vivo. Alla festa interverranno decine di parenti e amici e se offrissimo da bere a tutti, non solo non guadagneremo nulla, ma andremo decisamente in perdita. Ci accordiamo per non offrire da bere a nessuno. Ma non abbiamo fatto i conti con il diavolo: mio padre.

Egli si presenta nel locale con i suoi pseudo amici, beve a iosa e, da gran gradasso qual è, offre da bere a tutti.

C'è un proverbio calabrese che gli calza a pennello ed esprime chiaramente il suo modo di essere: "*Spassu di chiazza e triulu di casa*", ovvero: "scherzoso in piazza e tormento in casa".

Quando è ora di pagare mio suocero gli presenta il conto. Mio padre lì per lì non ha il coraggio di replicare, quindi storce il naso e nervosamente paga il dovuto.

So già che non finirà qui.

Dopo i giorni di festa, non faccio in tempo a mettere piede in casa che lui incomincia a gridare: – *Tuo suocero è un pezzo di merda, è gente che non si merita niente, è un morto di fame, non si doveva permettere di farmi pagare, perché io non dovevo pagare. Tu hai finito con questi, tu non la sposi più quella lì* – sbraita fuori di sé per la collera.

Il primo istinto è quello di rispondergli a tono, perché non può non aver capito la situazione. Vorrei dirgli in faccia quanto è ignobile e meschino e quanto la sua considerazione per la famiglia è nulla.

Ma sono un ragazzo di cristallo, fragile e in balia di tutte le persone che gestiscono la mia vita e sono certo che a una mia risposta a tono, arriveremo alle mani, cosa che non posso assolutamente permettermi.

Provo a calmarlo e a spiegargli la situazione, ma lui non vuole sentire ragioni.

Urla talmente forte che lo sentono tutti, compresa Graziella che interviene per cercare di placare la sua ira. Gli spiega che anche i suoi fratelli hanno pagato, in quanto la decisione è stata presa preventivamente.

Di fronte a lei, non solo non è ragionevole, ma rincara la dose, insultandone il padre in modo volgare e spregevole. È solo grazie alla comprensione e all'amore della mia fidanzata e al mio continuo adoperarmi se il matrimonio non è saltato.

Capitolo 30
Un oscuro presagio

È la vigilia di Natale e da molto tempo non vado a trovare mia nonna.

Ho trascorso la serata in casa del mio amico Giovanni fra scherzi e risate.

L'inverno è ormai inoltrato e spesse coltri di ghiaccio ricoprono la campagna circostante. Riace superiore sembra un altro mondo, il bianco imperversa in ogni dove e comincia a intravedersi qualche fiocco di neve.

Rientro a casa poco dopo la mezzanotte e mi stringo nel giubbotto cercando di riscaldarmi. Passo davanti al portone del magazzino, mi soffermo un istante e ho l'istinto di entrare per vedere come sta nonna Mela.

Un momento, un lampo veloce attraversa la mia mente, come un oscuro presagio. Mi do dello sciocco. È già molto tardi e non voglio disturbarla. Mi riprometto di andarla a trovare il giorno seguente.

La mattina mi sveglio frastornato dai rumori della casa. Sento al piano di sotto il vociare di sconosciuti. Capisco immediatamente che qualcosa non va.

Non c'è alcun bisogno di alcuna spiegazione, capisco subito l'accaduto. Se solo avessi dato retta al mio istinto e la sera precedente fossi andato a trovarla, forse lei non se ne sarebbe andata.

La vedo inerme nel suo letto, pronta per essere vestita ed è come se non sentissi i miei pensieri. Voglio andare da lei, tenerle la mano, baciarla. Invece mia madre mi manda via. Devono prepararla per lo spettacolo: il suo funerale.

Anche in questo momento doloroso i miei trovano modo di litigare: – *Andate via, dobbiamo prepararla, non avete niente da fare qua, ci fate perdere solo tempo* – dice mia madre stizzita, allontanando me, mia zia, che peraltro è la figlia di mia nonna e i nipoti. Non permettono a nessuno di avvicinarsi alla defunta.

Povera nonna. Non chiedevi mai nulla. Ti piacevano le caramelle e i cioccolatini, uno soltanto, ogni giorno.

Avrei potuto portartelo, ma non l'ho fatto, ti ho lasciata sola, dimenticata. Ti ho abbandonata nel peggiore dei modi. Non ci siamo neppure potuti salutare per l'ultima volta. Il ricordo è vivo nell'affetto e luminoso nel pensiero. È stato il giorno più brutto della mia vita. Te ne sei andata da sola, di notte, il giorno prima della festa del Natale, con l'umiltà che ti ha sempre contraddistinta. Non hai voluto dare disturbo neanche nel tuo ultimo giorno.

Io che quella notte, rientrando da una serata passata con gli amici a giocare, sono passato davanti alla tua porta e non ho ascoltato il pensiero che mi diceva di entrare. Forse ti avrei potuta salvare, forse ti avrei potuto chiedere perdono a nome di tutti per tutto quello che hai dovuto sopportare.

Ti avrei detto che nel mio cuore c'è un angolino dove ti terrò per sempre. La tua immagine affettuosa, quel sorriso triste appena accennato, quella figura minuta che conteneva un cuore gigante, non mi abbandonerà mai. Ricordi nonna mia, quante ne abbiamo passate insieme? Quando da piccolo con il dolore in corpo per la mia malattia ti raccontavo il mio spavento per quanto succedeva intorno a me e tu, con gli occhi umidi e con piccoli gesti, mi ascoltavi e mi consolavi. Volevo nascondermi, scomparire dal male e dal mostro che mi terrorizzava ma tu mi tranquillizzavi, mi stringevi la mano tra le tue e mi promettevi che le cose sarebbero cambiate. Alla fine solo tu riuscivi a calmarmi con la tua mano rassicurante, accarezzando i miei capelli ribelli. Povera nonna mia, quanti momenti brutti, quante tempeste. Tu mi hai voluto bene come un figlio, mi hai fatto crescere, mi hai dato gioia e insegnato cosa vuol dire amore, quando non conoscevo altro che odio e dolore. Non ho mai dimenticato quando nascondevi sotto il grembiule il barattolino delle pastiglie e poi con un sorriso sulle labbra aprivi la mia mano e mi porgevi i tuoi spiccioli.

Il senso di colpa mi attanaglia l'anima. È come se la mia vita fosse stata privata della sua importanza. Penso a tutto quello che potevo fare e non ho fatto. Penso a quanto hai fatto per me e al modo con il quale ti ho ricambiata.

Mi rinchiudo nella mia camera per una settimana, con le cuffie ascolto musica classica, ricordando e rimpiangendo l'infinito amore della mia piccola nonna Carmela.

Non esco, non mangio, voglio piangere solo, con il mio egoismo e con il mio dolore. Voglio espiare il peccato più grande mai commesso: l'abbandono dell'unica persona che mi abbia mai amato veramente, la mia vera madre.

So che nulla è eterno, ma se solo fossi stato più attento, la nonna forse sarebbe rimasta ancora un po' con me.

Capitolo 31
Fuoco e fiamme

Il mio imminente matrimonio non è nato sotto un buon auspicio. Sono ormai trascorsi mesi dalla morte della nonna e me ne sono fatto una ragione, sebbene in cuor mio non la dimenticherò mai.

Fra la mia famiglia e quella di mia moglie non corre buon sangue. Tutto inizia con qualche piccolo dispetto e qualche parola di troppo. Nei paesini invidie, gelosie e ripicche sono ordinaria amministrazione, quindi all'inizio non vi faccio caso. In seguito però le cose prendono una brutta piega e io, mio malgrado, mi ritrovo spesso a fare da paciere. Ne farei volentieri a meno ma non sono nella condizione di potermi permettere di dare ragione all'una o all'altra famiglia. Non voglio in alcun modo deludere nessuno. Sta di fatto che a ogni lite devo intervenire cercando di mettere pace.

Graziella è molto obbediente verso i genitori e in particolare verso la madre, non fa mai nulla che le arrechi dispiacere, quindi mi trovo costantemente in mezzo a due fuochi.

Non conosco il motivo e nemmeno mi interessa conoscerlo, ma è chiaro che nella famiglia della mia futura moglie c'è un'evidente preferenza per la sorella maggiore.

La data del mio matrimonio si avvicina e ho già cominciato a sistemare i mobili nella casa dove io e Graziella andremo ad abitare. È ferragosto, un assolato lunedì pomeriggio. Alcune persone giocano a carte in piazzetta, altre mangiano il gelato, altre ancora chiacchierano cercando di spezzare la monotonia. Qualcuno intravede una colonna di fumo ai margini del paese ma lì per lì nessuno vi fa caso. Può trattarsi, molto probabilmente, di qualche contadino che brucia le sterpaglie.

Poco dopo, fiamme altissime, alimentate da un forte vento, si ergono avanzando a velocità impressionante verso il centro del paese. In men che non si dica assisto alla precipitosa fuga della folla che, presa da un panico incontrollabile, si sposta verso il mare, verso Riace Marina. Le persone corrono disordinatamente, alcune case bruciano come fiammiferi davanti ai nostri occhi e persino il palazzo dei Signori, quello antico a lato della chiesa, si riduce in cenere.

La mia vicina di casa ha accumulato diversi mazzi di frasche portate dalla campagna, che avrebbe in seguito utilizzato per accendere il caminetto, ma anche lei come il resto del paese, fugge verso il mare.

Le fiamme avanzano dalla collina proprio verso l'enorme cumulo di frasche e di lì a pochi metri c'è la mia futura abitazione. Se bruciasse la casa con all'interno tutti i mobili appena acquistati, io e Graziella non avremmo più un posto dove andare a vivere e questo proprio non posso permetterlo. Corro seriamente preoccupato verso i vigili del fuoco e spiego loro la situazione. Intervengono pochi minuti prima che la casa prenda fuoco e riesco a salvare tutte le case vicine.

Quando la casa è al sicuro, torno in piazzetta dove c'è la sala giochi, certo che la situazione sia sotto controllo. Le fiamme invece hanno già invaso il paese, compreso il sovrastante palazzo Alvaro, dal quale cadono braci incandescenti sul locale che gestisco. Gli apparecchi posti all'interno sono estremamente infiammabili in quanto costituiti prevalentemente da plastica e materiale elettrico e se prendessero fuoco ci sarebbe un finimondo di esplosioni.

Dall'unica finestrella, vecchia e piena di fessure, s'intravedono le lingue di fuoco, come un inferno.

Penso rapidamente: – *La finestra tra poco prenderà fuoco e subito dopo anche tutta la stanza.*

Torno di corsa a casa dove abbiamo un grande fusto di acqua, prendo due secchi e con l'aiuto della mia vettura, li porto in prossimità della sala giochi. Tampono la finestrella con stracci inzuppati d'acqua per un tempo immemorabile. Inumidisco di continuo il legno in modo da impedirgli di prendere fuoco.

I miei sforzi sono premiati. Riesco, seppur a fatica, a salvare anche il mio locale.

Finalmente le fiamme cominciano a scemare, lasciando una spessa coltre di fumo che rende l'aria irrespirabile.

Come una folgore, mi balena il pensiero di Graziella: – *Oddio Graziella.*

Ora che tutto è più calmo vorrei raggiungere Graziella che ho visto fuggire verso Riace Marina. Da quel momento non ho più avuto sue notizie. Prego in cuor mio che non sia ferita, prendo l'automobile e mi dirigo giù verso il mare. Con una buona dose d'incoscienza attraverso le strade con le fiamme residue ancora alte, la cerco dappertutto e quando la intravedo in lontananza sana e salva, traggo un sospiro di sollievo.

Mi corre incontro e ci abbracciamo e quando le dico che ho salvato la nostra casa dalle fiamme, lei non riesce a trattenere le lacrime.

Capitolo 32
Giuste nozze

Finalmente giunge il giorno del matrimonio.

Sono nervoso e quando vedo Graziella con l'abito bianco mi appare in tutta la sua sfolgorante bellezza. Il bianco se possibile, esalta ancor più i suoi luminosi capelli e lei emana dolcezza e splendore. La luce nei suoi occhi è un ricordo che porterò per sempre. Sono grato agli intrecci e alle casualità della vita che mi hanno concesso di conoscerla e di prenderla in moglie.

Un velo di tristezza attraversa la mia mente quando penso ai miei nonni che non possono essere qui. A nonna Mela che diceva sempre che non sarebbe vissuta abbastanza a lungo per vedermi sposato: – *Nonna mia, Madre Natura che tutto trasforma avrà fatto in modo che tu sia viva da qualche parte e certamente vivi nel mio cuore. Guardami, mi vedi? Mi sto sposando* – e una piccola lacrima riga il mio volto.

Naturalmente Franco, ben felice di accettare l'incarico, è il mio testimone di nozze insieme alla cara Manuela, una vecchia compagna di liceo. La cerimonia si svolge serenamente e senza contrattempi fino a quando, durante il pranzo, il nostro fotografo propone di fare alcuni scatti al castello di Roccella, il paese vicino. Si tratta di un luogo molto suggestivo e il pranzo è giunto quasi al termine.

Lasciamo temporaneamente la festa per fare qualche foto, giusto il tempo necessario.

Alcuni ospiti desiderano ringraziare e salutarci prima di congedarsi. Hanno fretta di andare via, anche se il pranzo non è concluso, perché di qui a poco ci sarà la consueta partita di calcio trasmessa ogni domenica.

Torniamo al ristorante e sulla soglia c'è Franco ad attendermi con aria visibilmente allarmata: – *C'è tuo padre lì dentro, infuriato* – dice inquieto.

Nella sala mio padre mi salta agli occhi. Me lo sentivo, sapevo che avrebbe fatto una delle sue solite scene inappropriate, ma speravo che almeno per questo giorno si sarebbe trattenuto. Ho sperato che almeno per una volta nella sua vita sarebbe riuscito ad andare oltre la sua meschinità.

È visibilmente ubriaco e comincia pubblicamente a bestemmiare e a insultarci: – *Non siete degni nemmeno di sposarvi* – grida con la bava alla bocca. Poi rivolgendosi a me urla: – *Tu non dovevi andare a fare le foto, dovevi stare qui.*

Non riporterò l'intero sproloquio che ne è seguito da parte sua, sarebbe troppo volgare e di cattivo gusto, di fatto è riuscito a rovinare il giorno più bello della mia vita.

Capitolo 33
Lo stalker

Se penso che gli anni bui della mia vita siano finiti, mi sbaglio di grosso. Se penso al matrimonio come un lieto fine, ebbene non è così. Da qui in poi comincio a imbattermi in una serie di eventi che vanno ad arricchire, mio malgrado, il bagaglio esperienziale della mia vita da emofilico. Tutto comincia esattamente il giorno seguente al mio matrimonio.

Nessun viaggio di nozze per me e Graziella. Non possiamo permettercelo.

Siamo nel salotto e ci stiamo intrattenendo con una cugina venuta a farci visita per porgerci i suoi auguri, quando Graziella impallidisce improvvisamente. Perde i sensi e sviene. Il dottor Arcadi la visita e diagnostica un forte stress emotivo, successivamente confermato dal neurologo, dovuto a un represso shock emotivo, manifestatosi per il carico di responsabilità assunto con il matrimonio e il cambio delle abitudini. Graziella inoltre è stata testimone di una morte violenta: non molto tempo prima ha visto un uomo ucciso a fucilate davanti alla sua porta di casa.

Accade che perlomeno una volta al giorno perda i sensi, ha forti attacchi di tachicardia e ansia. Durante le crisi le parlo molto, sono dialoghi che durano ore e hanno la facoltà di rasserenarla.

Le cose si aggravano ulteriormente a causa di un ignoto che telefona a casa nostra pressoché ogni giorno. Quando rispondo io, lui tace e quando risponde mia moglie, si dilunga in discorsi osceni e irripetibili.

Le poche occasioni di lavoro mi arrivano per telefono e quindi non posso fare a meno dell'apparecchio. La storia va avanti per tre anni e nonostante tanti miei interventi al limite dell'isterismo non sono riuscito a dissuaderlo. Parla con voce gutturale e biascicata e se Graziella non lo ascolta passa alle minacce. Personalmente non mi fa paura, ma mia moglie, dopo l'esperienza vissuta, ne ha davvero tanta.

Stanco di subire angherie, mi faccio prestare dalla mia vicina il suo apparecchio che porto in casa mia tramite prolunga, preparo una lista di tutti i sospettati del paese e con pazienza resto in attesa per ore. A ogni telefonata che riceviamo elimino dalla lista i numeri che in quel momento risultano liberi. Dopo qualche mese rimane solo un numero. Riprovo varie volte per esserne sicuro, fin quando non ho dubbi.

Sono solo e per difendermi devo contare solo sulle mie forze e sulla mia enorme determinazione. Potrei metterlo sotto con la macchina, ma poi finirei in galera e alla mia giovane moglie e alla mia bambina chi ci penserà? Decido allora di spaventarlo. Mi procuro una pistola finta e una sera lo trovo in un bar e, poiché eravamo amici, lo invito a fare un giro con la mia macchina. Lui sale a bordo senza obbiettare e procedo verso il cimitero. Imbarazzato mi chiede: – *Dove andiamo?*

Rimango in silenzio, ma una volta arrivati tiro fuori dal giubbotto la pistola nuova fiammante. La punto alla sua tempia e con voce decisa gli dico: – *La vedi questa? Se non stai lontano da mia moglie te la scarico tutta nella tua testa pazza.*

Lui impallidisce, non dice una parola.

Qualche giorno più tardi giunge un'altra telefonata urbana, il maniaco si ripresenta. Cerco nuovamente il tizio che ho minacciato, ma fortunatamente per lui e anche per me, non è più in paese ma si trova a Torino per lavoro.

Allora non era lui! Tiro un sospiro di sollievo per non aver fatto qualcosa di irreparabile su un innocente.

Più volte mi sono rivolto alla caserma dei carabinieri ricevendo solo dei cortesi dinieghi, ma a Locri c'è un bravo magistrato, il giudice Macrì, quindi mi presento da lui e gli espongo il fatto. Pochi minuti dopo dà l'ordine di mettere sotto controllo il mio telefono. Passano i giorni ma non c'è verso di rintracciare il maniaco, pare non sia di Riace.

Dopo giorni e mille peripezie, finalmente i carabinieri mi annunciano che lo stalker è stato individuato. Si tratta di un personaggio di un paese vicino, un distinto signore che alla sua successiva telefonata viene colto in flagrante. Nel frattempo viene alla luce la mia seconda figlia: Daiana.

Capitolo 34
Intrallazzi e nepotismo

Oggi ho spedito ventidue raccomandate in cerca di lavoro a Milano, Cusano, Cinisello, Bresso e tutto l'hinterland milanese. Purtroppo il fatto di non essere ivi residente mi preclude qualsiasi possibilità lavorativa. Il mio sogno di trasferirmi a Milano non è scemato, è anzi più forte che mai.

Vorrei trasferirmi, ma mia suocera ci mette lo zampino. Non è d'accordo in quanto desidera avere la figlia vicino. Non si tratta di semplice affetto ma di opportunismo: vuole poter disporre di lei per le sue necessità. Graziella accondiscende in quanto nulla farebbe per dispiacere la madre. Sfuma la mia quarta opportunità di cambiare vita.

Talvolta salta fuori qualche lavoretto e lo prendo al volo fino a quando la salute me lo permette, per poi essere costretto a lasciarlo quando le forze mancano. Mia madre mi aiuta come può, tenendo all'oscuro mio padre. Faccio richiesta di lavoro come insegnante o come amministratore negli uffici, ma è previsto il trasferimento al nord, quindi mi accontento di un lavoro saltuario che svolgo come supplente e che dopo poco tempo devo rifiutare per i miei problemi di salute.

Un amico mi commissiona diversi lavori da utilizzare come

decorazioni per le camere funerarie. In tale occasione disegno centinaia di Madonne, Gesù, angeli e santi.

Preferenze e nepotismi sono ordinaria amministrazione. Questo è un paese dove in frattale e nel modo peggiore si ripercorre la politica italiana.

Ci sono dei posti di lavoro disponibili presso il comune del mio paese, ma sono ostacolato dal mio stesso padre coadiuvato da parenti invidiosi.

C'è chi frutta le sue conoscenze e si assicura che il sindaco non proceda con i concorsi, un'altra si affida al figlio consigliere comunale e c'è addirittura chi lo fa pubblicamente gridando per le vie del paese: – *Il sindaco sbaglia se assegna il posto a un figlio unico, lui ha suo padre* – ovviamente riferito a me. Mio padre dice a tutti che ci pensa lui a mantenere la mia famiglia, ma di fatto non solo non aiuta ma rema contro di me in ogni modo possibile.

Il risultato di tale pubblicità negativa, è che arriva dal comune la comunicazione che non posso accedere al concorso in quanto percepisco un mini assegno d'invalidità. Una cifra irrisoria, totalmente insufficiente al fabbisogno familiare.

L'essere assillato contemporaneamente da tanti problemi non basta a farmi rinchiudere nell'autocommiserazione e ad allontanarmi dall'impegno sociale che ho sempre avuto. Vedere ogni giorno il mio paese sprofondare, vuoto e abbandonato a sé stesso, mi fa star male. Sempre più giovani emigrano in cerca di lavoro e stabilità.

Partecipo a una riunione pubblica dove si discute su possibili soluzioni per evitare o perlomeno rallentare, tale processo. Intervengo dicendo: – *Credo che un paese sia come una madre* – affermo con convinzione – *ci ha visto nascere e crescere. Non è giusto lasciarlo morire, quindi propongo di costituire una cooperativa collettiva e con i contributi che la legge offre, costituire il Paese-albergo. Riprendiamo tutte le abitazioni sfitte, aggiustiamole e diamole a prezzi competitivi ai turisti. Potrebbe aiu-*

tarci un mio caro amico, un uomo che da anni si sta impegnando molto nell'aiutare i giovani della diocesi di Locri, uno dei pochi che stimo veramente, il vescovo Bregantini – concludo.

L'idea piace, tanto che dopo pochi giorni avviene un incontro tra alcuni dei presenti e il vescovo. Io non sono stato avvisato ma non importa, purché si prenda in mano la situazione. Come previsto, Bregantini è di enorme aiuto non mancando di trovare strategie finanziarie interessanti e contribuendo economicamente.

L'iniziativa prende corpo e dopo qualche anno viene denominata: '*Il Paese dell'Accoglienza*'.

Essere mite e debole mi rende un bersaglio per ogni tipo di angheria.

Più volte, entrando dalla finestrella che dà sul retro, è stato indebitamente prelevato il denaro dalla mia sala giochi e, come non bastasse, c'è stato un tentativo di furto della mia auto nuova. Fortunatamente l'antifurto ha fatto il suo dovere. Il cancello automatico è guasto e non dispongo di un sistema di allarme in casa, suppongo quindi che ci saranno altri tentativi. Solo una persona è a conoscenza della cosa, ma non può essere lui. Che motivo avrebbe?

Mi ingegno e preparo una trappola. Circondo il mio cortile con un invisibile filo di nylon, porto la cima fino al letto e la collego a un campanellino.

Un sistema buffo e rudimentale, eppure ha funzionato.

Ho da poco preso sonno quando mi sveglio per il tintinnio del campanello, mi precipito alla finestra che dà sul cortile e nel buio vedo la sagoma di un uomo che, allarmato, cerca frettolosamente di liberarsi dal filo per poi saltare un muretto e fuggire a gambe levate. Le oche starnazzano disturbate dal passaggio del ladro. Lo guardo e lo riconosco, è proprio lui, un parente stretto, molto stretto.

Capitolo 35
Sangue infetto

Ho ricevuto l'incarico per una supplenza alle scuole medie. Sono in ritardo per andare a Stilo, mi affretto e scendo in strada, apro la porta del garage e tre cani randagi di grossa taglia, ringhianti e affamati si parano davanti a me mostrandomi i denti.

Rimango impietrito.

Rapidamente calcolo il percorso per tornare a casa, ma non posso correre e non farei in tempo e affrontarli sarebbe troppo rischioso. In mio soccorso accorre Giona, la mia piccola cagnolina, la quale si pone davanti a me e si mette ad abbaiare contro i randagi. Lei, un piccolo essere di appena quattro chili, timorosa di tutto, si erge a mia difesa.

Giona comincia a correre verso la salita, gli altri cani la inseguono. Devo muovermi. Apro velocemente la porta dell'auto e in un baleno sono in strada. Voglio soccorrere a mia volta la mia cagnolina. La poverina corre a rompicollo giù per la discesa e s'infila tra le strette grate del cancello dove gli altri non passano. È salva.

Al sicuro chiuso nell'abitacolo incito i randagi a seguirmi e riesco a portarli fuori dal paese.

Per quanto spavento possa aver avuto, non condanno i tre

cani, seguono il loro istinto animale e qualcuno, loro malgrado, li ha costretti a questa vita, alla fame e a un futuro che non si prospetta dei migliori.

Durante il tragitto mi commuovo. Penso al grande cuore coraggioso di Giona contenuto in un corpo così piccolo. Nella concitazione di entrare in auto ho inavvertitamente curvato il braccio e ora un dolore lancinante alla spalla mi assilla. Potrebbe trattarsi di una semplice distorsione, penso. Scoprirò soltanto pochi giorni più tardi che per me non c'è nulla di così semplice.

A un esame specifico risulto essere affetto da un'invalidante malattia legata all'emofilia: l'artropatia, che colpisce le ossa, derivata da tutte le emorragie delle articolazioni che hanno portato infezioni. L'insopportabile dolore è quindi dovuto al fatto che le infiammazioni portano a dolori alle articolazioni che nel tempo generano a un assottigliamento della cartilagine, che nel mio caso è quasi totalmente scomparsa. L'osso arriva quasi a saldarsi con la parte a lui più vicina e, invece di scivolare grazie alla cartilagine, tende a fissarsi e a diventare un tutt'uno. Dopo ventisette anni l'emofilia subisce un arresto, non progredisce come nel giovane in crescita dove le emorragie sono più frequenti. L'emofilia si stabilizza e a quel punto hai imparato come muoverti, sai che certi gesti non li devi fare se non vuoi incorrere in periodi di assoluta inabilità. Ma mentre l'emofilia si attenua, l'artropatia continua a evolversi.

Da bambino mi hanno terrorizzato dicendomi che con lo sviluppo sarei morto, ora il mio terrore più grande è quello di rimanere paralizzato, come accade a chi è affetto da SLA, una malattia progressiva e degenerativa, perché le ossa, con il passare del tempo, si degradano.

In questo periodo sono in cura al centro emofilia di Reggio Calabria e un medico che mi ha molto a cuore, il dottor Trapani, mi manda in una clinica privata per fare accertamenti alle ossa e verificare lo stadio della mia malattia.

Mi presento alla clinica con le lastre, quando giunge il medico specialista con quattro studentesse di medicina.

Un signore alto, con baffetti, pizzetto e lo sguardo furbesco. Non mi saluta, mi lancia una fuggevole occhiata e comincia a osservare le lastre. Ne prende una dove si vede l'articolazione completamente bianca, la mostra alle ragazze e dice: – *Questo è un tipico caso di artropatia, per adesso il soggetto si muove, ma per quanto potrà ancora muoversi?* – esclama, noncurante del fatto che io sia proprio lì di fianco a lui.

Sapevo che la mia vita non sarebbe stata semplice a causa del mio male ma quando un medico ti sbatte in faccia, senza alcuna delicatezza e senza alcun rispetto, la prospettiva di un futuro da tetraplegico, ebbene, credo che anche il più equilibrato degli esseri umani possa vacillare.

Ad aggravare la situazione esplode lo scandalo del sangue infetto.

Reperito a basso costo, il sangue non controllato proveniente da ghetti e carceri statunitensi viene trasfuso su cittadini ignari generando nuove e inaspettate malattie quali AIDS, epatite B e C. Qquasi quattromila morti e più di ottantamila infettati, vittime di una politica fatta di tangenti e connivenza con le case farmaceutiche.

Io emofilico, che faccio uso quotidiano di emoderivati, mi ritrovo in mezzo a questo marasma.

Impiego un po' di tempo a capire di cosa si tratti. Incredulo, rifiuto il dato di fatto, ma il dottor Trapani è molto chiaro: – *Senti Francesco, dalle analisi è emerso il contagio di epatite e purtroppo non è tutto, tralasciando le conseguenze che possono scaturire, hai avuto 'fortuna nella sfortuna' perché il test sulla sieropositività all'HIV al momento è negativo, ma rimangono ancora dei dubbi* – afferma abbassando leggermente lo sguardo.

Sono confuso, non comprendo appieno, sento solo le mie viscere contorcersi e aggrovigliarsi. Gli chiedo cosa significa avere dei dubbi e lui risponde: – *Calcolando che il periodo fi-*

nestra è di circa sei mesi, dovrai eseguire presso un altro laboratorio una serie di accertamenti, al momento non ti posso dire ancora nulla di certo e dovrà trascorrere un anno prima di avere un esito.

Contraggo la mascella, aggrotto la fronte e il respiro si accorcia: – *Come ho contratto questa infezione?* – domando.

– *Sei venuto a contatto con i virus tramite gli emoderivati di fattore VIII che sei costretto a fare per l'emofilia.*

Il dottore continua a rassicurarmi ma è come se non sentissi più nulla, come se tutto ormai fosse vano. Presso un chiosco nell'ospedale cerco la parola AIDS e su una copertina nera c'è una scritta evidenziata in rosso: '*Il 70% degli emofilici risultano infetti da epatite e dall'HIV*'.

Se non muoio di AIDS, potrei vivere da invalido e per quanto provi a essere positivo, torno a casa terrorizzato.

Sul treno che da Reggio mi riporta a casa leggo l'opuscolo che ho preso in ospedale sui primi sintomi che provoca la malattia, ma soprattutto ciò che avviene al collasso del sistema immunitario a conclamazione dell'AIDS. Leggo il suo quadro clinico caratterizzato da sintomatologie molto specifiche: polmonite, candidosi, tubercolosi, affezioni virali, demenza, forte dimagrimento, ascessi cerebrali da toxoplasma, tumori cerebrali, rare forme tumorali, retinite, diarrea, linfomi e altri nomi terrificanti. La sopravvivenza media di un paziente sieropositivo dal momento della diagnosi di AIDS è di circa dieci o dodici mesi e poi una morte atroce. Non rischio la sieropositività perché ho fatto sesso non protetto o perché ho assunto droghe, non perché mi sono incautamente divertito, ma perché sono costretto ad avvalermi delle cure salvavita.

Le lunghe ore che trascorro in treno mi aiutano a trovare una centratura, un equilibrio che non pensavo di possedere.

A casa non ne parlo, voglio aspettare e sperare che tutto vada bene prima di dirlo a mia moglie, in attesa del nostro terzo figlio.

Nel paese è in atto una faida, tanti sono stati i morti ammazzati e Riace è sotto una cappa di paura. La gente la sera non esce, sembra ci sia il coprifuoco, ma io non ci faccio caso e continuo ad aprire la sala giochi e a far suonare il juke-box.

Vivo disconnesso dalla realtà, in un mondo tutto mio.

Dormo e mangio poco. Ho voglia di piangere, lo voglio fare fin da quel giorno, ma sono bloccato in una dimensione irreale. Ho paura di quel dubbio. Penso che il dottor Trapani mi abbia detto la parola 'dubbio' soltanto per rassicurarmi fino all'esito definitivo.

La mia prima esperienza di premorte risale all'età di otto anni e a distanza di decenni non l'ho mai dimenticata né potrò mai farlo. Non posso in questo momento fare a meno di ripensarci e di ripensare a quante volte io abbia sfiorato la morte.

Questa volta non invocherò, non siamo nelle mani di nessuno, siamo nelle nostre stesse mani, da noi dipende tutto. Credo che il nostro essere sia composto dalla casualità e dalla forza del nostro pensiero che può arrivare al punto di modificare la struttura biologica del corpo e guarirlo.

Dopo mesi di lunghi viaggi, di controlli e snervanti attese, oggi avrò il verdetto finale. Mentre sento il rumore del treno sulle rotaie che mi avvicinano alla sentenza di vita o di morte, sono come ipnotizzato.

Lentamente mi pervade un senso di serenità e l'accettazione diviene parte di me. Non ho più paura, vada come deve andare.

Mi avvicino all'ospedale con il mio passo claudicante ma mi ergo in tutta la mia statura, fiero di me e di come sto affrontando questa vita, complicata e irta di ostacoli. Non importa l'esito, ma da questo momento, in ogni caso, decido che tante cose dovranno cambiare.

Nell'attesa sono agitato, gocce di sudore imperlano la mia fronte che asciugo con un fazzoletto che tengo in una tasca. L'infermiera mi porge il foglio che deciderà la mia vita. I brividi lungo la schiena aumentano. Prendo il foglio con l'esito dell'esame, ma non lo guardo ancora. Mi guardo intorno e osservo le persone. Corrono, si agitano, vanno incontro a un tempo che non c'è e che è soltanto una convenzione, immerse nel loro mare della vita veloce.

Io non ho più fretta.

Dispiego il foglio. Condannato o assolto?

Non leggo i risultati solo il referto, soltanto tre parole: negativo all'HIV.

È finito un incubo. Uno stato di ansia durato un anno.

Sui binari di questo treno la mia vita riprende la sua corsa. Corre e mi porta alla prossima stazione dove dovrò scendere e riprendere il difficile compito di vivere. Involontariamente traggo un sospiro lungo e profondo e in questo esatto momento decido. Decido che non ci sarà più nessun santo cui votarmi. Decido che non è una forza esterna a me a guidare la mia vita. Decido di credere in me e di darmi una e più possibilità di dirigere la mia vita e di direzionare gli eventi. Io e soltanto io posso condurre il mio percorso. Gli eventi accadono, ma sta a me affrontarli in un modo o in un altro e il modo con il quale li affronterò sarà il frutto di ciò che sarò, sia che io abbia un giorno oppure cent'anni di vita ancora.

Ripenso all'episodio accadutomi con il cagnolino morto fra le mie braccia. Lui era solo e anch'io sono solo. Siamo tutti soli, animali e persone. Ciò che faccio, il mio destino, lo indirizzo con le mie azioni e le mie decisioni. Nulla è scritto, nessuno è predestinato. Mi hanno abituato a pensare che gli eventi che accadono non li puoi evitare perché sono scritti nel destino o li ha decisi qualcuno al di sopra di te, un santo, un angelo, un Dio.

Capisco di essere la causa e l'effetto delle cose. Il percorso di vita può essere difficile, ma posso affrontarlo con la forza e la determinazione che, seppur latente, mi ha sempre contraddistinto e ora si sta risvegliando.

Capitolo 36
Sognando Milano

Mi sono allontanato dalla collina di Riace da diversi anni con la speranza di trovare un equilibrio nell'impossibile rapporto con mio padre che cerco disperatamente da ormai mezzo secolo. Da piccolo speravo che crescendo lo avrei fatto ricredere sulla mia presunta inutilità, ma pur avendo studiato, pur essendo un artista, pur essendomi sposato e avuto tre meravigliosi figli, la situazione non muta.

Credevo lo bloccasse il pensiero di una mia prematura scomparsa ma anche di fronte alla morte, il bene più prezioso per un genitore è il proprio figlio. Speravo si affezionasse almeno ai nipoti, invece il suo astio colpisce tutta la famiglia.

Nonostante sia venuto ad abitare a Riace Marina, ridente cittadina che si affaccia sul mare, invitiamo spesso a pranzo i miei genitori. Mio padre se ne sta seduto a mangiare senza dire una sola parola ed è palese che ha la testa altrove.

Mi accorgo dell'ennesima congiura ordita alle mie spalle. Le poche volte che salgo al paese, noto che quasi tutti mi guardano in modo strano e per puro caso scopro che mio padre continua a parlare male di me. Da carnefice si atteggia a vittima. Ogni luogo è quello giusto per mettersi in mostra e quando va al bar offre da bere pur di ottenere l'ascolto di tutti ed elevare sé stesso denigrando la sua famiglia, in modo cattivo e spesso volgare con insulti pesanti e gratuiti verso di me, verso mia moglie e verso mia madre. Dice che mi devo vergognare, perché trasferendomi l'ho abbandonato, dopo tutto quello che lui ha fatto per me. Quello che non dice pubblicamente è che ha promesso i voti della mia famiglia per le imminenti elezioni comunali senza consultarci, allo scopo di ottenere favori personali. Questo mi ricorda quando mi proposero di fare il vicesindaco. Sposato da poco, avevo già avuto la prima figlia e ancora non ero riuscito a trovare un'occupazione. I miei genitori si opposero ferocemente perché dovevano sostenere un nipote della lista opposta alla mia. Mio padre fu categorico e mi disse: – *Ma non è cosa per te, vatti a sedere ch'è meglio. Se ti presenti io non ti voto e cerco i voti per mio nipote* – affermò con disprezzo. A loro si unirono i miei suoceri che volevano ottenere una casa popolare e, per non fare una figura miserevole, fui costretto a declinare l'invito.

A prescindere da tutti i problemi con mio padre, questa volta ho raggiunto il mio primo obbiettivo economico e con il mio personale sistema di trader ho raggiunto la somma per comprare casa a Milano e vivere senza problemi per il resto dei miei giorni e finalmente dedicarmi completamente all'arte, realizzando il sogno di una vita intera.

Sulle pagine web, con l'aiuto di mio figlio Leonardo, creo il mio primo sito d'arte personale. Inizio anche il mio impegno ambientalista e animalista con la creazione del gruppo su un social network.

Sulle pagine internet comincio a guardare tutti gli appartamenti che corrispondono alle mie esigenze, ma non trovo quello che desidero. Quando ho un po' di tempo vado su Google Maps e sfogo la mia passione facendo innumerevoli giri per le vie milanesi: il Duomo, via Monte Napoleone, piazza del Duomo, il teatro alla Scala. Casualmente mi imbatto in alcune nuove costruzioni nel quartiere Adriano e in particolare in un edificio al centro di un parco con vista sulla città.

Finalmente dopo aver visto diverse case, trovo quella che fa al caso mio.

Nei giorni scorsi ho partecipato a un interessantissimo convegno. Tra i relatori c'erano: il dottor Luigi Piero Solimeno, luminare nelle artropatie emofiliche e Andrea Buzzi, della Fondazione Paracelso. Grazie al prezioso impegno di quest'ultimo le condizioni di vita di molti emofilici sono migliorate. Era presente anche la dottoressa Elisa Mancuso, persona squisita che mi ha dato la sua completa disponibilità nel cercare di debellare dal mio corpo il virus dell'epatite C. Entrambi fanno parte del Centro Emofilia di Milano. La dottoressa Mancuso, che ormai sento periodicamente e di cui ho la massima fiducia e stima, mi dice al telefono: – *Sono farmaci impattanti per il fisico della persona* – afferma con sincerità. Sono al corrente degli effetti collaterali di questa sorta di chemioterapia, per otto mesi ho assunto interferone a Catanzaro, ma fin dall'inizio non ha sortito alcun effetto benefico, anzi il contrario.

Inizio la cura. Tra un controllo e l'altro mi sento spossato, ho mal di testa, accenni di vomito, nausea e prurito sul tutto il corpo, tanti sono i disturbi. Tutto questo dovrà durare un anno.

Capitolo 37
Fortuna o perspicacia?

Voglio cancellare dal mio dizionario la parola 'fatalismo'. Non voglio più sentire la sensazione di trovarmi sospeso tra passato, presente e futuro. Una vita che ti passa tra le dita senza poterla afferrare. I rimorsi per il passato, che mi hanno fino a ora tormentato le notti, devono sparire e lasciar posto ai progetti per il futuro.

Faccio una lista di ciò che ho intorno: amici, parenti, conoscenti e lascio il passato. Pondero bene tutto il negativo, perché gli avvenimenti negativi o positivi, oltre alle mie decisioni, sono influenzati anche da ciò che mi circonda. La vera fortuna o sfortuna spesso è indirizzata dalle persone che incontro lungo il mio percorso di vita. Faccio un reset totale, una grande pulizia, e mi allontano da chi mi ha sempre ostacolato.

Il trasferimento a Riace Marina è solo la prima tappa del mio viaggio.

Riesco a dedicarmi alla mia famiglia e a vivere la mia vita senza che nessuno si intrometta in ogni mia decisione.

Senza lavoro e senza risorse mi arrabatto come meglio posso per mandare avanti la famiglia. Per mesi mi spremo le meningi, studio giorno e notte per trovare una strategia finanziaria. Io sono un artista e non so nulla di economia o finanza, ma quando in edicola mi imbatto in una rivista che parla delle società emergenti della new economy, nella mia mente si accende una lampadina. Pochi giorni di studio e intuisco che queste società sono destinate a crescere. Sul televideo inizio a seguire i titoli che fanno riferimento alla diffusione delle tecnologie informatiche e digitali: internet, telefoni cellulari, personal computer, prodotti informatici. A quel punto manca solo un particolare non trascurabile: il denaro da investire.

Trascorrono diversi mesi e questa mattina io e Graziella riceviamo una lettera.

La missiva contiene un assegno: un rimborso per assegni familiari mai percepiti. Una cifra da capogiro per noi che siamo abituati a vivere alla giornata, quindici milioni di lire sono una piccola fortuna. Utilizzarli per l'economia familiare è controproducente, li finiremmo nell'arco di poco tempo. Vorrei che fruttassero.

Vado in banca e compro il mio primo titolo, Tiscali.

Partecipo alla fase di impetuoso sviluppo. Ogni giorno la cifra investita aumenta e in pochissimi anni i nostri quindici milioni diventano ottocento.

Potremmo andare a Milano o vivere tranquillamente di rendita. Mi dispiace realizzare subito il guadagno vendendo tutto perché non avrebbe senso, tanto la cifra continua a salire. Disinvesto solo i soldi per comprare un'auto nuova, una Fiesta rossa fiammante che alcuni parenti non si spiegano come l'abbia potuta comprare se non spacciando droga.

La borsa sale, prende il volo fino al momento nel quale non imparo due parole che non avrei mai voluto sentire: 'bolla speculativa'. Ci sono segnali da tutte le parti. Li ignoro tutti, perché a livello monetario non ne ho ancora i riscontri. Di qui a poco, tutte le azioni, ma proprio tutte, come una reazione a catena, cominciano ad avere una tendenza ribassista e a precipitare vertiginosamente di ora in ora. Preso dal panico provo a vendere per recuperare ciò che rimane, ma non riesco, c'è troppa congestione, tutti stanno vendendo e questo fa precipitare ulteriormente il mercato. Non posso che assistere da spettatore alla disfatta. Dopo una pesantissima perdita, penso che il mercato possa avere un rimbalzo e una ripresa positiva, ma non è così.

Perdo tutto e Graziella disperata mi dice: – *Hai perso la tua sesta occasione per partire, dovevi vendere quando ancora potevi.*

Graziella ha tutte le ragioni e il mio rammarico è enorme. Mai avrei pensato di rimanere con un pugno di mosche e sicuramente la mia inesperienza ha fatto il suo gioco. Vedendo salire le azioni non ho ritenuto di vendere, ma non potevano salire per sempre.

Non mi do per vinto. Conscio del mio potenziale e della mia nuova filosofia di vita mi dico: – *Se ci sono riuscito la prima volta, riuscirò anche la seconda.*

Sembra un'impresa ardua, ma credere in sé stessi apre le porte del mondo.

E la vita riparte e corre verso la stazione successiva.

Ieri mi hanno chiamato dal provveditorato comunicandomi una proposta di lavoro come centralinista, proprio nello stesso liceo artistico dove ho studiato. Finalmente un lavoro definitivo e anche l'unico che possa fare nelle mie condizioni.

Ritrovata un po' di pace, riprendo a dipingere con rinnovata passione e vigore.

Facendo economia, dopo qualche anno, riesco rientrare nel mercato. Voglio vendere la casa di Riace superiore, dove ho speso parecchio denaro per l'ampliamento, ma mio padre che finge di acconsentire, fa di tutto per impedirlo, facendo fuggire con mille stratagemmi i possibili acquirenti. Cinque anni più tardi riesco a venderla e investo il ricavato in borsa. Punto sulle energie pulite e in particolare sul mercato emergente cinese. Finalmente riesco a risalire la china. Memore dei precedenti errori, questa volta elaboro un programma che mi permette di sfruttare le oscillazioni al ribasso e al rialzo, investo per obbiettivi e, una volta raggiunti, indipendentemente dal fatto che il mercato salga ancora, realizzo parte del capitale.

Mi sento sempre felice sai perché? Perché non aspetto niente da nessuno; aspettare sempre fa male. I problemi non sono eterni, hanno sempre una soluzione, l'unica cosa che non ha rimedio è la morte. Non permettere a nessuno di insultarti, umiliarti o abbassare la tua autostima. Le urla sono lo strumento dei codardi, di chi non ragiona. (cit. William Shakespeare)

C'è gente infelice che tuttavia non prende l'iniziativa di cambiare la propria situazione perché è condizionata dalla sicurezza, dal conformismo, dal tradizionalismo, tutte cose che sembrano assicurare la pace dello spirito, ma in realtà per l'animo avventuroso di un uomo non esiste nulla di più devastante di un futuro certo. (cit. Christopher Mc Candless)

Capitolo 38
Un taglio netto

Ormai vado raramente a Riace superiore e soltanto per vedere mia madre.

Sono seduto comodamente sul divano del salotto tentando di contenere la fortissima nausea che mi affigge a causa dei farmaci. Dal cortile sento provenire il rumore del motocarro di mio padre e in un batter d'occhio, senza chiedere permesso, entra dalla cucina e me lo ritrovo in casa. Con la sua voce arrogante esclama: – *Mi dici perché non sali più al paese? Questo è il ringraziamento dopo che mi sono rovinato la vita per te?* – conclude rabbioso.

Con queste parole e con fare minaccioso si rivolge a me serrando il pugno in segno d'intimidazione. Nonostante la mia agitazione e la mia confusione dovuta alla cura, tento di alzarmi per rispondere agli insulti, ma ricado sul divano spossato e incapace di ribattere. La mia famiglia è con me. Ormai hanno capito tutto e miei tre figli, Gessica, Daiana e Leonardo, si parano dinnanzi a me facendomi da scudo. Graziella, l'amore della mia vita, comprende che sono arrivato allo stremo della sopportazione e lo accompagna fuori a spintoni.

La vicenda della promessa dei nostri voti al sindaco ancora non è chiarita. Non esprimerò il voto che vuole lui né lo farà la mia famiglia. In casa mia non esiste il padre padrone, esiste la libertà di scelta, per me, mia moglie e i miei figli.

Alla veneranda età di mezzo secolo posso ben decidere chi votare.

Ho provato in ogni modo possibile ad avvicinarmi a lui con pazienza e accondiscendenza, spesso con il perdono per le sue malefatte, pensando che il suo atteggiamento fosse dettato dalla frustrazione, ma non ne sono mai addivenuto a nulla. Contro l'ignoranza non si può combattere.

I suoi commenti pesanti e ricchi di insulti hanno passato il limite.

Adesso basta. È ora di dare un taglio al suo essere subdolo e prepotente. Appena mi sento meglio lo chiamo al telefono intimandogli di smetterla di parlare male di me e della sua stessa famiglia e aggiungo: – *Ma neanche così ti sta bene? Non mi vedi più, non abbiamo più contatti, cosa vuoi di più? Perché non vivi la tua vita lasciandomi in pace?*

Il telefono sembra esplodere tanto sono forti le sue urla.

Palesemente incollerito ribadisce: – *Non devi dirmi niente, parlo con chi voglio e dico cosa voglio, io sono il padrone e posso fare quello che voglio* – ribatte con astio.

– *Eri padrone pure della mia roba che hai indebitamente prelevato dal magazzino regalandola alla gente?*

Nel sentirsi per la prima volta contraddetto da suo figlio, passa alle minacce: – *Tu mi hai rovinato e tu dalle mie mani devi morire.*

– *Da dove nasce questo profondo odio che hai per tuo figlio?*

– *Io potevo essere il migliore di Riace se non fosse stato per te, tuo fratello e tua madre. Mi avete creato solo problemi.*

– *I tuoi figli avevano solo bisogno di cure e tu, con le tue scelte scellerate, li hai distrutti. Un padre non si mette al fianco di chi nega le medicine salvavita al figlio, di chi gli ha rinnegato un lavoro di cui aveva necessità e diritto, di chi ha negato la borsa di studio del comune che aveva vinto, di chi voleva sottrargli la sala giochi. No, un padre, un vero padre, non lo avrebbe mai fatto. Hai avvelenato l'albicocco e il salice piangente nel mio giardino solo per far contenta una tua parente invidiosa. Hai mandato via, con l'inganno, gli acquirenti della casa sulla quale erano stati spesi tutti i miei soldi, hai disposto della mia vita, come disponi dei poveri animali che hanno la disgrazia d'incontrarti. Ora devi rassegnarti, tu puoi dire, fare e disporre delle tue cose, non delle mie e di quelle della mia famiglia. Tu sei mio padre e per questo ti onorerò per sempre, ma da ora non abbiamo più niente da dirci.*

La sua risposta, da buon padre, è: – *Sei stato la mia rovina e sarai sempre la mia rovina. Se non ti va bene, esci e andiamo in un posto da soli e ti faccio vedere io chi comanda.*

In queste parole sento l'odio e l'arroganza di un essere che si è sempre curato solo di sé stesso, sfogando nel peggiore dei modi i suoi istinti.

La sfida violenta di un padre verso il proprio figlio.

Questa telefonata è l'ultima. La mia nuova concezione di vita mi impone di prendere in mano la mia esistenza e fare una cosa che avrei dovuto fare decenni prima: cancellarlo dalla mia vita.

Ci sono giorni in cui ho le idee chiare e allora sento dentro un grande fermento e dico a me stesso di aver preso la decisione giusta. Altri giorni viceversa, mi assalgono i dubbi e allora mi chiedo: – *Non era meglio lasciare tutto com'era?*

Alcune incertezze, dubbi e preoccupazioni le ho tuttora: – *Riuscirò mai a cambiare tutto?*

Poi passano. È sufficiente ripercorrere le tappe della mia vita che mi hanno portato a fare questa scelta.

Qualcuno esprime la sua soddisfazione e dice che era una decisione che andava presa molto prima, altri non si esprimono ma dai loro occhi si legge chiaramente che non è stata la decisione giusta e rimanendo vincolati ai loro principi, condannano la mia scelta, altri ancora immaginano il mio calvario provando a mettersi nei miei panni e comprendono. I fatti dicono che, da quando ho preso la decisione, il mio viso è più disteso e sereno e io sono in pace con me stesso.

Capitolo 39
Il saluto

Uno dei momenti più importanti della mia vita è finalmente giunto. L'unico modo per liberarmi dal passato, è vivere il presente. Tanti potevano essere i momenti giusti per cambiare la mia vita, tante le debolezze e le incertezze che mi hanno trattenuto, ma questa volta che l'occasione si è ripresentata, non me la lascio scappare. Per un'intera settimana aspetto la visita di mia madre, sa che devo partire, che voglio cambiare vita per non ritornare più indietro. L'abbiamo pregata di venire con noi, di scegliere l'amore della sua famiglia e non un uomo che la umilia e la maltratta. Il suo retaggio culturale e sociale non la smuove: una donna deve stare con il marito nel bene e nel male. La scelta è sua e decide di rimanere.

Devo fare le valige e metterci dentro tutto ciò che di buono ho vissuto, lasciando fuori la negatività accumulata nel mio cuore. La sofferenza, se si sa affrontarla, può essere una grande risorsa per costruire un futuro felice. Ogni cosa che faccio, ogni mio gesto è come se fosse cristallizzato nel tempo. Ho tanto desiderato questo momento, ma ora che è giunto stranamente il mio stato d'animo si vela di un triste umore. Graziella e i miei figli partono qualche giorno prima di me. Io devo ancora restare. Devo dare una conclusione alla mia esperienza di vita. Vorrei avere ancora qualche giorno a disposizione per poter fare le ultime cose e dire le ultime parole. Devo chiudere il capitolo. Chiudere la vecchia vita e permettermi di riaprirne una nuova. Solo, perché così è giusto. Solo ho vissuto e solo me ne devo andare.

Faccio il giro dell'intero paese e ogni angolo nasconde un ricordo, ogni anfratto decadente ora mi sembra bellissimo. Saluto il muretto del municipio, le case e ogni singolo cantuccio del mio adorato paese.

Tra i cipressi del cimitero, davanti al giaciglio dei miei nonni, mi torna in mente un canto degli indiani Navajo:

Non restare a piangere sulla mia tomba
Non sono lì, non dormo
Sono mille venti che soffiano
Sono la scintilla diamante sulla neve
Sono la luce del sole sul grano maturo
Sono la pioggerellina d'autunno
Quando ti svegli nella quiete del mattino
Sono le stelle che brillano la notte
Non restare a piangere sulla mia tomba
Non sono lì, non dormo

Nonni cari, la vostra esistenza è proseguita negli stessi luoghi e negli stessi spazi, ho percepito la presenza, sentito i passi, udito la voce e i racconti, ho visto gli occhi e la figura apparire, spostarsi, allontanarsi. Un semplice ricordo è un sogno dai vivaci colori che il tempo può sbiadire, ma l'amore è una sensazione scolpita nella memoria e ritorna a colmare, anche a distanza di secoli, gli occhi di lacrime.

Nonna mia, son passati tanti anni da quando sei stata costretta a lasciarmi quel giorno di dicembre, ma l'amore per te mai finirà. Anche adesso, so che sei qui con me: sei l'uccellino che cinguetta su quel pino, la farfalla variopinta o il fiore che profuma l'aria che mi circonda. Nonna Mela, non ti ho dimenticata.

Grazie per tutto il vostro amore che terrò custodito nella memoria e nel mio cuore.

Nonno, sei stato un grande uomo, un eroe per la patria e partendo dal nulla hai donato prosperità a tutta la famiglia, sempre convinto e sicuro delle tue idee, hai mantenuto, a dispetto di tutto e di tutti, la tua integrità e la tua dignità. Nel riservato silenzio hai continuato ad amarmi profondamente a prescindere da ogni mia mancanza ed egoismo. Sempre deciso, mi hai insegnato a essere un uomo fedele a sé stesso. Hai fatto di me, un povero bambino malato, un uomo.

Dopo una vita di umiliazioni devo partire e trovare la mia serenità, ma dovunque io vada, tu e la nonna sarete sempre con me.

Il giorno avanza verso la sera dell'agognata partenza. Ci sono ancora poche ore di luce quando, davanti la chiesa dello Spirito Santo, tra il leggero fruscio degli alberi e l'aria profumata di questo calmo pomeriggio di luglio, mi giunge il riecheggiare del pianto inascoltato di un bambino e d'improvviso, come un déjà-vu, torno indietro nel tempo. Rivedo immagini che non scorderò mai. Nella penombra di una stanzetta a malapena rischiarata da una finestrella, giace sul letto un bimbo dal lento singhiozzare. Il corpo inerte di un fanciullo che vuole sfuggire alla malattia.

Non dimenticherò mai quel viso dolce di bimbo innocente e ora che la sera s'avvicina, mi ritornano in mente quei singhiozzi rassegnati, sono lì accanto a me a ricordarmi che per me la vita è andata avanti e non è ancora finita, ma per quel tenero ragazzo, per cui provo un'infinita pena, è rimasta sospesa e ancora brama un gesto d'affetto.

Nel voltarmi verso quella casa e quella via, che rimarrà per sempre scolpita nella mente come parte della mia vita , rivolgo il mio ultimo saluto: – *Saluto ogni angolo, ogni sasso di questo mio paesello, perché a ogni pietra, anche la più minuscola è legato un mio ricordo. Per te Fra', che sei il mio passato, provo il rammarico profondo di chi non ha mai sentito la carezza di una mano materna e gli occhi amorevoli di un padre che mai ti hanno rivolto un benevolo sorriso.*

Capitolo 40
Il sopravvissuto

La voce metallica annuncia: – *Roccella Jonica, il treno regionale per Milano delle ore sedici e ventisette è in partenza dal binario uno.*

Sono arrivato in stazione in anticipo, ormai anche il mio ultimo impegno l'ho esaurito.

Ho lasciato il lavoro nella scuola per permettere a me stesso di dedicarmi finalmente alla mia arte, alla mia salute e alla mia famiglia. Tutti parlano del più e del meno e una donna vestita di nero rimane silenziosa, seduta in disparte, con la testa china rivolta alla foto del figlio che tiene fra le mani. Immagini e ricordi che ora scorrono in senso inverso.

La campanella della stazione trilla ininterrottamente preceduta da un lungo fischio che preannuncia l'arrivo del treno.

Ansimante per l'afa e per l'emozione salgo gli scalini del mio vagone e al momento di chiudere la porta penso: – *Ce l'ho fatta, ho preso il treno che tante volte ho sognato e ora voglio lasciarmi alle spalle il mio sofferto passato. Questa volta sarà un viaggio di sola andata.*

Non ho prenotato cuccette. Mi attende una lunga nottata, ma domani sarò a Milano. Ho scelto un treno di quelli lenti, non ho fretta, voglio compiere il mio viaggio con calma e assaporare ogni momento. Con il biglietto in mano mi addentro nello stretto corridoio. Dopo alcuni scompartimenti, trovo il mio posto e mi siedo vicino al finestrino. Fino a che c'è luce voglio ammirare la mia riviera.

– È occupato questo posto? – mi chiede un signore accompagnato dalla moglie e il loro bambino.

– *Pare proprio di no* – rispondo.

Affannato, si affretta a sistemare un cumulo di buste, pacchi e borse. Tanti bagagli che la reticella sopra di noi non può contenere.

Il capostazione fischia la partenza e il treno, tra il cigolio delle rotaie, si muove verso il suo viaggio ritmico e cadenzato. Sta calando il tramonto e l'orizzonte è perfettamente limpido, non c'è un filo di vento. Il treno affianca la costa e dal finestrino posso vedere il sole creare il suo argentato scintillio sulla piatta superficie del mare. Mi sento di ottimo umore nel contemplare tale meraviglia e penso che questo sia il miglior spettacolo offertoci da Madre Natura. Lo sguardo cade sui miei compagni di viaggio. Lui è un uomo sulla quarantina ma ha già il viso segnato dal tempo, scuro con mani callose, sicuramente un contadino. Con lui la donna vestita di nero, bella ma trasandata nell'aspetto. Entrambi hanno lo sguardo stanco e rassegnato.

– *Anche voi a Milano?* – chiedo offrendo un biscotto.

– *Mio figlio è bravo con i computer. Noi abbiamo deciso di lasciare tutto e trasferirci per dargli tutte le opportunità di cui ha bisogno* – risponde la signora e il marito annuisce alle sue parole.

Non posso fare a meno di esclamare: – *Bravi, siete due bravi genitori.*

Metto gli auricolari e ascolto le dolci melodie di Ennio Morricone.

Il treno viaggia percorrendo gli spazi come io ripercorro i miei ricordi. L'immagine di quel bambino sul letto fra atroci dolori non mi abbandonerà più e mi costringerà a trascorrere interminabili notti insonni. Provo compassione per lui e un'infinita tenerezza. Come non fossi stato io, come se fosse un'altra persona. Le carezze, l'affetto negato e le ingiustizie non sono riuscite a inaridirmi l'animo, hanno invece contribuito a farmi diventare l'uomo che sono oggi.

Il mio viaggio interiore è cadenzato dalla musica e a ogni fermata un ricordo riaffiora: la prima esperienza di premorte, l'infanzia solitaria, la malattia, gli anni felici del liceo, Memma, i nonni, mio padre, il paese, l'accademia, Graziella. Tutto si confonde e tutto prende forma.

Oggi sono diverso, la sofferenza mi ha reso sensibile alla vita umana, vegetale e animale. Amo e rispetto la natura in ogni sua emanazione e non potrebbe essere altrimenti. Chi ha conosciuto il dolore profondo non può non essere attento al dolore degli altri. Non sono più la persona che crede che l'intervento divino possa risolvere i problemi, sono un uomo che conta su sé stesso, sulla propria volontà, sulla propria determinazione e sul proprio potenziale. Una mutazione graduale ma inevitabile verso il mio essere Uomo. Un'umanità necessaria alla sopravvivenza.

Aborro ogni espressione di violenza e di disumanità verso le forme di vita e verso la vita stessa che di tanto mi ha privato ma altrettanto mi ha dato.

A oggi sono un sopravvissuto.

Sul far del mattino, ascoltando le note di Gabriel's Obboe in '*The Mission*', le luci della stazione centrale di Milano mi risvegliano dal torpore. I ricordi si sgretolano uno a uno, come neve al sole.

Sono invaso da un'insolita euforia quando sento chiaramente la voce dello speaker annunciare: – *Milano, stazione centrale di Milano, il treno proveniente da Reggio Calabria è in arrivo sul binario uno.*

Puoi lottare una vita intera per un sogno o semplicemente per qualcosa che ti faccia stare bene; quello che conta è avere fede in te stesso e trovare la forza di resistere fino alla fine.

Ringraziamenti

Desidero ringraziare mia moglie Graziella e i miei figli Gessica, Leonardo e Daiana per essermi stati vicini nella stesura di questa opera e nei momenti più bui della mia vita. Ringrazio inoltre la dottoressa Elisa Mancuso, per avermi sostenuto e incoraggiato nonostante le difficoltà dovute alla malattia ed infine Andrea Buzzi, il presidente della fondazione Paracelso nata nel 2004 a sostegno dell'emofilia.

Indice

Prologo 7
Capitolo 1. Seppellire senza dimenticare. 9
Capitolo 2. La condanna 19
Capitolo 3 . Il primo giorno di scuola 22
Capitolo 4. Figlio unico 29
Capitolo 5 . Solitudine 33
Capitolo 6. Cippy 36
Capitolo 7 . Notti infinite 42
Capitolo 8. Sognando la fuga 44
Capitolo 9. La festa. 47
Capitolo 10. Odio ingiustificato. .53
Capitolo 11. Storie di paese 56
Capitolo 12. Al Bambin Gesù 61
Capitolo 13. Come un padre 64
Capitolo 14. La zingara 66
Capitolo 15. Un altro miracolo. 69
Capitolo 16. A Cocca 71
Capitolo 17. La grande conquista .74
Capitolo 18. La partita di pallone 82
Capitolo 19. Fratelli di sangue 88
Capitolo 20. Lugubri pensieri 96
Capitolo 21. Figli di Madre Natura 100

Capitolo 22. Preghiera per la piccola Anna 104
Capitolo 23. Al liceo 108
Capitolo 24. Memma 120
Capitolo 25. I Bronzi di Riace 128
Capitolo 26. I fuochi fatui 130
Capitolo 27. Un capodanno da ricordare 133
Capitolo 28. L'ultima giornata nell'orto 136
Capitolo 29. Graziella 138
Capitolo 30. Un oscuro presagio 146
Capitolo 31. Fuoco e fiamme 149
Capitolo 32. Giuste nozze 152
Capitolo 33. Lo stalker 154
Capitolo 34. Intrallazzi e nepotismo 157
Capitolo 35. Sangue infetto 160
Capitolo 36. Sognando Milano 166
Capitolo 37. Fortuna o perspicacia? 169
Capitolo 38. Un taglio netto 173
Capitolo 39. Il saluto 177
Capitolo 40. Il sopravvissuto 181

Ringraziamenti 185

ISBN: 9788892353480

Il ragazzo di cristallo

Responsabile della pubblicazione Francesco Squillace

Libro pubblicato dall'autore

L'autore è un utente del sito

ILMIOLIBRO

Printed by Amazon Italia Logistica S.r.l.
Torrazza Piemonte (TO), Italy

10174555R00112